国家古籍整理出版专项经费资助项目

唐 宋 小 品 丛 书

欧明俊 主编

韩愈小品

〔唐〕韩愈◎著 韩嘉祥◎注评

中州古籍出版社
·郑州·

图书在版编目（CIP）数据

韩愈小品 /（唐）韩愈著；韩嘉祥注评 . —郑州：中州古籍出版社，2020. 12（2023. 6 重印）

（唐宋小品丛书 / 欧明俊主编）

ISBN 978-7-5348-9527-2

Ⅰ.①韩…　Ⅱ.①韩…②韩…　Ⅲ.①小品文－作品集－中国－唐代　Ⅳ. ① I264.2

中国版本图书馆 CIP 数据核字（2020）第 239590 号

HAN YU XIAOPIN

韩愈小品

选题策划	梁瑞霞
责任编辑	吕　玲
责任校对	李接力
装帧设计	书籍/设计/工坊 刘运来工作室

出 版 社	中州古籍出版社（地址：郑州市郑东新区祥盛街 27 号 6 层 邮编：450016　电话：0371-65788693）
发行单位	河南省新华书店发行集团有限公司
承印单位	河南新华印刷集团有限公司
开　　本	787 mm×1092 mm　　1/32
印　　张	9.75
字　　数	200 千字
版　　次	2020 年 12 月第 1 版
印　　次	2023 年 6 月第 2 次印刷
定　　价	48.00 元

前　言

一

　　韩愈，唐代文学大家，"唐宋八大家"之首，字退之，生于唐代宗大历三年（768），卒于唐穆宗长庆四年（824），卒年五十七岁，历代宗、德宗、顺宗、宪宗、穆宗五朝。韩愈为河南河阳（今河南孟州南）人，自称郡望昌黎，世称"韩昌黎"。宋神宗元丰年间追封他为"昌黎伯"，他的作品集称为《昌黎先生集》。他最后的官职是吏部侍郎，又称他"韩吏部"，韩愈死后，谥曰"文"，后人就尊称他"韩文公"。

　　韩愈少小聪慧，他自称"七岁而读书，十三而能文"，这有些和诗圣杜甫"七龄思即壮，开口咏凤凰"相似。他一生都十分勤奋，无论顺境逆境，"口不绝吟于六艺之文，手不停披于百家之编。记事者必提其要，纂言者必钩其玄。贪多务得，细大不捐，焚膏油以继晷，恒兀兀以穷年"（《进学解》），"鸡鸣而起，孜孜焉亦不为利"（《上宰相书》）。《新唐书·韩愈传》曰："愈自知读书，日记数千百言。比长，尽能通《六经》、百家学。"

德宗贞元二年（786），韩愈十九岁，开始到长安参加进士考试。可是，贞元四、五、七年三次应礼部试接连失败。至贞元八年，二十五岁的韩愈才考中进士，同榜有欧阳詹、崔群、李观、冯宿等一批名士，被称为"龙虎榜"。根据唐代制度，考中进士后，还要经过吏部考试，方可正式为官。随后在贞元九、十、十一年，韩愈三次参加吏部博学宏词科考试，又都以失败告终。他求仕心切，于贞元十一年正月至三月，三上宰相书，但上书如泥牛入海，杳如黄鹤，没得到回音。同年五月，二十八岁的韩愈郁郁不得志，怀着不遇时之叹离开了长安，回归故里河阳。在长安的十年风尘岁月中，结识了一批志同道合的朋友，饱览典籍，他逐渐形成了文学上卓然成家的见识和见解。

贞元十二年，韩愈应宣武军节度使董晋之聘

至汴州（今河南开封）任观察推官。贞元十五年二月，董晋去世，韩愈离开汴州，不久又至徐州节度使张建封幕下，任节度使推官。转年，即贞元十六年，张建封去世，韩愈也离开徐州。贞元十八年，韩愈三十五岁，被召入京师，任国子监四门博士。翌年，任监察御史，因上书《御史台上论天旱人饥状》，遭到谗言排挤，贬为阳山（今广东阳山县）县令。贞元二十一年，德宗去世，顺宗李诵即位，大赦天下，韩愈得赦。顺宗只做了八个月的皇帝，因病退居太上皇，宪宗李纯即位。韩愈在元和元年（806）夏，官授权知国子博士。次年，正式任国子博士，分司东都。其后数年，韩愈几经升迁。元和十四年，因上《论佛骨表》，触怒宪宗，险丧性命，幸赖裴度、崔群求情，免于一死，被贬为潮州（今广东潮州市）刺史。元和十五年秋，召回京师任国子祭酒。长庆元年（821），迁兵部侍郎。长庆三年夏，为京兆尹兼御史大夫。是年秋，复为兵部侍郎，又迁吏部侍郎。长庆四年五月，因病请告，休养于长安城南韩庄，八月假满百日，免吏部侍郎，十二月二日，卒于长安靖安里第，年五十七岁。谥曰"文"。翌年正月，葬于河南河阳祖茔。

二

　　韩愈在文学史上最大的贡献是倡导"古文"，从理论到实践，成功地实现了文体、文风和文学语言的革新。可以说，在中国的散文发展史上，韩愈的出现，结束了一种局面，同时又开创了一个新的局面，这正是所谓的"古文运动"。"古文运动"这四个字是后人总结而概括出来的，不是韩愈自己说的。"古文运动"概括地讲，就是试图恢复先秦两汉的散体文以取代空洞浮艳、华而不实的渐趋卑靡的骈体文，并由韩愈倡导、号召的散文革新运动。在韩愈之先，陈子昂、萧颖士、李华、柳冕等，也曾对骈四俪六的时文有所批评，但他们在理论和实践上都不够成熟，甚至可以说他们的文章缺乏艺术感召力。韩愈则不同，他写出了大量光照千古的文学作品，无论是鸿篇巨制还是短幅小品，都能气势充沛、阆中肆外、纵横捭阖，正如苏洵《上欧阳内翰书》所说："韩子之文，如长江大河，浑浩流转，鱼鼋蛟龙，万怪惶惑，而抑遏蔽掩，不使自露。而人望见其渊然之光，苍然之色，亦自畏避，不敢迫视。"同时，韩愈还培养或团结了一大批文人志士，声势浩荡地把散文推向了新的阶段。自韩愈开始，散文才被公认为一种文学形式，后来的文人也将散文当作文学作品来写。到了宋代，韩愈的声价更是日丽中天，苏轼《潮州韩文公庙碑》奉之为"百世师""天下法"，赞誉他"文起八代之衰，而道济天下之溺"。在散文史上，韩愈是一座巍峨的丰碑，其后的文学家无不受其影响和沾溉。

关于韩愈的散文风格及其取得的成就，以及在文学史上的贡献和影响，前人与时彦之述备矣。至于韩愈继承从先秦至西汉的散文创作并有长足的发展，历来毫无异议。但韩愈对待骈体文也不是一概排斥的，事实上韩愈本人的骈体文写得也相当好，像韩愈文集中一些贺表之类的文章，能顺应时代潮流的大势而用"骈四俪六"的时文，足以说明韩愈不仅是古文巨匠，同样是一位骈体文高手。正如清代刘开在《与阮芸台宫保论文书》中讲："退之起八代之衰，非尽扫八代而去之也，但取其精而汰其粗，化其腐而出其奇。其实八代之美，退之未尝不备有也。"苏轼高度称颂"唐无文章，唯韩退之《送李愿归盘谷序》一篇而已"。《送李愿归盘谷序》一文，正是兼取骈散之体，融骈入散，寓骈于散的代表作品，不难看出韩愈继承魏晋六朝骈体文优秀的一面，而又形成了自己的戛戛独造的文风，如果没有深厚的骈体文功底，是不可能写出熔骈散为一炉的非骈非散、亦骈亦散的上乘之作的。韩愈将其之前的文学成就吸精取华融入散体中来，最终形成自家面貌。

三

《昌黎先生集》共收文章七百余篇，按照体裁分类，如杂著、书、启、序、哀辞、祭文、碑文、行状等。到了宋代就有"千家注杜（甫）五百家注韩（愈）"之说，虽然此话有些夸张，但可见版本之多。在古典文献中，以明朝万历徐时泰所刊"东雅堂"本最善；近代以马其昶先生整理的《韩昌黎文集校注》最精。本书的文章是以上述两本为版本依据的。只是按照体例要求，分为"感事遣怀""师友风谊""写人记物""追思悼亡"四类，共五十四篇文章。

就本册所选文章而言，如《与鄂州柳中丞书》

《再与鄂州柳中丞书》两篇，文章虽不长，但都有社会现实意义，其遣词造句之整饬谨严，其布局法度有序，足以与汉代名篇比肩。类此者如《张中丞传后叙》《圬者王承福传》《太学生何蕃传》等，都是艺术性很高的上乘之作。再有：《画记》源出于《周礼·考工记》，《为人求荐书》《应科目时与人书》胎息《战国策》，《送穷文》渊源于扬雄《逐贫赋》，《进学解》衍于东方朔《答客难》及扬雄《解嘲》，《张中丞传后叙》得力于司马迁《史记》，都是渊源有自，正如宋代黄庭坚所讲："老杜作诗，退之作文，无一字无来处。"

《祭十二郎文》《欧阳生哀辞》《祭河南张员外文》等都是真情至文，这几篇既是韩文中的名篇，也是凄切的美文。尤其《祭十二郎文》痛入脾肝，催人泪下，字字是血，行行是泪，被后人视为祭文中千年绝调。

前人评论韩愈散文时，称其"以诗为文"，例如《送董邵南序》《与孟东野书》《杂说》《题李生壁》《送浮屠令纵西游序》等，都以语言清新，情韵不匮，洋溢着诗歌的情趣，而深入人心。同时也拓宽了唐宋古文领域，开辟了古文新天地。

尤其应该表而出之，值得一提的是韩愈在小品文方面的贡献。《蓝田县丞厅壁记》《送高闲上人序》《答陈商书》《原毁》《送石处士序》等，都带有讽刺性小品文味道；《爱直赠李君房别》《送孟冬野序》《送杨少尹序》《题李生壁》《新修滕王阁记》《燕喜亭记》等，都似抒写个人情感的小品。至于受传奇小说影响而创作的《毛颖传》《柳州罗池庙碑》《石鼎联句诗序》这样带有小说家者言的文章，也属小品性质。再如《伯夷颂》《择言解》《瘗砚铭》《女挐圹铭》《杂说》，都是不折不扣的小品文。这些文章，对苏东坡、黄山谷小品有着很深刻的影响，甚至对于晚明小品也同样有着指导作用。

韩愈也写了不少诔墓文章和干谒书信，以及为皇帝歌功颂德的贺表之类的文章。就其内容而言没有可取之处，甚至成为韩文中的赘疣。但是，有一些文章却可见韩愈写作技巧的独到之处，如本书选录的《殿中少监马君墓志》，墓主是官宦之家纨绔子弟，岁龄不大就去世了，平生没有什么功业可谈，文章几乎无处着笔，可是韩愈与他家三世都有交谊，还得到其祖父的恩惠，所以着笔叙说与之三世交往，抒发自己的感情，悲叹人生无常，这种凭空落笔转换角度，也体现了韩愈高超的文字技巧。林纾《韩柳文研究法》说："《殿中少监马君墓志》空衍无可着笔，而昌黎文字乃灿烂作珠光照人，真令人莫测。"晚明一些小品的套路，也多从韩愈这种文字技巧而派生。这样的文章似乎也不应该忽略。

清代王文治曾有诗句："间气古今三鼎足，杜诗韩笔与颜书。"近代大学者陈寅恪先生《金明馆丛稿初编·论韩愈》中讲："退之者，唐代文化学术史承前启后、转旧为新关捩点人物也。"这都是过来人的评定。以最普及通俗的古文选本《古文观止》而言，从先秦《左传》至明晚期的张溥，共选了二百二十二篇古文，而韩愈独占二十四篇，占了百分之十以上，这一点也可见韩愈在古典散文史上的地位。如果历史上没有产生韩愈，恐怕唐代的文化史就会黯淡许多，也会影响以后的古文发展，甚至影响今日的文学创作。

　　　　　　　　韩嘉祥记于庚子暮春三月

目　录

卷一　感事遣怀

卷二　师友风谊

卷三 写人记物

卷四 追思悼亡

卷一 感事遣怀

人患不知其过，
既知之，不能改，
是无勇也。

感二鸟赋并序

　　贞元十一年[①]，五月戊辰[②]，愈东归。癸酉，自潼关出，息于河之阴[③]。时始去京师，有不遇时之叹[④]。见行有笼白乌、白鸜鹆而西者[⑤]，号于道曰："某土之守某官[⑥]，使使者进于天子。"东西行者皆避路[⑦]，莫敢正目焉[⑧]。因窃自悲，幸生天下无事时，承先人之遗业[⑨]，不识干戈、耒耜、攻守、耕获之勤[⑩]，读书著文，自七岁至今，凡二十二年。其行己不敢有愧于道[⑪]，其闲居思念前古当今之故，亦仅志其一二大者焉[⑫]。选举于有司[⑬]，与百十人偕进退，曾不得名荐书，齿下士于朝[⑭]，以仰望天子之光明。今是鸟也，惟以羽毛之异，非有道德智谋，承顾问赞教化者[⑮]，乃反得蒙采擢荐进[⑯]，光耀如此。故为赋以自悼，且明夫遭时者，虽小善必达[⑰]；不遭时者，累善无所容焉[⑱]。其辞曰：

　　吾何归乎！吾将既行而后思[⑲]，诚不足以自存，苟有食其从之[⑳]。出国门而东骛[㉑]，触白日之隆景[㉒]，时返顾以流涕，念西路之羌永㉓。过潼关而坐息，窥黄流之奔猛，感二鸟之无知，方蒙恩而入幸。惟进退之殊异㉔，增余怀之耿耿。彼中心之何嘉，徒外饰焉是逞。余生命之湮厄㉕，曾二鸟之不如？泪东西与南北㉖，恒十年而不居㉗。辱饱食其有数㉘，况策名于荐书㉙，时所好之为贤㉚，庸有谓余之非愚㉛。昔殷之高宗㉜，得良弼于宵寐㉝，孰左右者为之先㉞，信天同而神比㉟。及时运之未来，或两求而莫致㊱，虽家到而户说，祇以招尤而速累㊲。盖上天之生余，亦有期于下地㊳，盍求配于古人㊴，独怊怅于无位㊵！惟得之而不能，乃鬼神之所戏㊶，幸年岁之未暮㊷，庶无羡于斯类㊸。

【注释】

①贞元十一年：贞元，唐德宗李适（kuò）的年号。贞元十一年，即公元 795 年。

②五月戊辰：戊辰，是干支纪日，当是农历五月初二日。下文中"癸酉"是初七日。

③潼关：今陕西渭南市潼关县境。韩愈离开京城东行归故里河阳，须经此地。息：休息。河之阴：黄河的南岸。

④不遇时之叹：生不逢时的感慨。韩愈于贞元十一年正月三上宰相书而不得报，故有此叹。

⑤行：大路。笼：用作动词。鸜鹆：即八哥。乌和鸜鹆的羽毛都是黑的，而纯白的非常罕见并被视为祥瑞之物，所以献给皇帝赏玩。西：西往长安。

⑥某土之守某官：指替皇帝监守某一土地的官员，即朝廷委任的地方官员。

⑦东西行者皆避路：向东和向西行路的人，与送鸟的相遇都要给他们让路。

⑧莫敢正目：不敢正眼去看，表示畏惧。

⑨承：继承。先人，指韩愈已故去的祖辈和父辈。遗业：遗下的事业，韩愈的父亲仲卿、叔父云卿都是有名的文章家。

⑩识：知道。干戈：古代的兵器，与攻守相关联，指兵役。耒耜：耕地的农具，与耕获相关联，指农业生产。勤：辛苦。

⑪其行己不敢有愧于道：行己，自身的操行。有愧于道，因违背圣人之道而感到惭愧。此句意思是说自己的行为符合圣人的道德规范，问心无愧。

⑫"其闲居思念前古当今之故"二句：前古当今之故，泛指古往今来成败兴衰的大事。志，同"识"，记住，识得。这两句是说对于古往今来的史实也只注意到有关兴衰成败的一两件大事。

⑬选举：应试选拔。有司：专司某职的官员，此指

主考官。

⑭名荐书：列名于推荐的名单之上，此指应博学宏词科的榜文。齿下士：并列小官吏之中一同居官。

⑮承顾问：指接受朝廷的咨询。赞教化：辅助宰相整顿政教风化。

⑯蒙采擢（zhuó）荐进：被引用提升。

⑰明：显示。遭时：遇上好时机。小善必达：小有所长就可显达。

⑱累善：积有许多长处。无所容：不能为当政者所容纳。

⑲吾将既行而后思：此句意思是我现在为了衣食，凡事都只好先去做，然后再加以思考。

⑳"诚不足以自存"二句：诚，果真。自存，自己养活自己。有食其从之，有饭吃我就跟着去。这两句的意思是说自己实在不能养活自己，凡是有饭吃，我都可以跟随去做。这两句实际上是激愤之语。

㉑国门：京城长安的城门。东骛：向东疾驰，指东归故里河阳。

㉒触：顶着。隆景：强烈的日光。

㉓西路：西去长安之路。羌：那样，如此。永：遥远。

㉔进退：此指鸟进人退。殊异：极其不同。

㉕湮厄（è）：困滞。

㉖汨：水流的样子。此处指像水流一样东西奔走不定。

㉗恒：通"亘"，连续，持久。不居：不定。

㉘辱：谦词，有辱。有数：定数，注定。

㉙策名：将姓名写在简策上，指为人之臣。荐书：指委任书之类。

㉚时所好：时俗所爱好的。

㉛庸有：岂有。

㉜殷之高宗：殷高宗名武丁，殷之贤君。

㉝良弼：贤良的辅佐。宵寐：夜眠。传说武丁在梦中见到一位圣人，于是就画下其形貌四处寻访，后来在傅岩之野找到一个奴隶，正在和泥筑墙，与梦中形貌相吻合，便举他为相。因得于傅岩，故以傅为姓，以说（yuè）为名。事见《史记·殷本纪》。

㉞孰：谁。左右者：指国君左右的近臣。先：先容，推荐介绍。

㉟信：确实，诚然。同：同意。比：袒护。

㊱两求：指求得帝王和天神的赏识。莫致：不能得到。

㊲祇以招尤而速累：祇，同"只"，只有。尤，罪过。招尤，招致罪过。累，麻烦。速累，惹来麻烦。

㊳期于下地：期，希望。下地，指人间。是说上天也希望自己在世间做些事业。

㊴盍求配于古人：盍，何不，何尝。配，比。古人，指傅说而言。这句是说我何尝奢望与傅说那样的古人相比。

㊵独：偏偏。怊怅：悲伤失意的样子。无位：没有官位。

㊶"惟得之而不能"二句：得之，得到官位。戏，戏弄。这两句意思是既然我不能得到官位，大约是被神鬼给戏弄了。

㊷未暮：未晚，指年岁未老。

㊸庶：差不多，或许。无羡：不羡慕。斯类：指二鸟。

【赏读】

韩愈在贞元十一年（795）正月二十七日至三月十六日，曾三上宰相书求仕，当时宰相赵憬、贾耽、卢迈置之不理，韩愈郁郁不得志，于同年五月自京城长安东归故里。途中目睹了某地方官僚搜罗到珍禽异鸟献于天子，触发了自己仕途失意的感伤，遂成此赋。

本文体格依仿《离骚》，文丽而多婉，浩气直节。宋代魏仲举《五百家注昌黎文集》评："此篇苏子美（苏

舜钦）亦谓其悲激顿挫，有骚人之思，疑其年壮气锐，
欲发其藻章以耀于世。"

此赋因物托兴，将自己与二鸟"进退之殊异"的境
遇进行对比，感情悲激，顿挫强烈。在"余生命之湮厄，
曾二鸟之不如"的自悼中，更多的是对当时贱人贵物的
社会及不肯爱惜人才的当权者的愤懑。

赋，是一种押韵的文体，原是从古诗蜕化而成的。
今人郭预衡先生的《中国散文史》将"赋"分为"牢骚
之赋"和"歌颂之赋"，本篇就属于"牢骚之赋"。韩愈
文集中标明"赋"体的，共四篇。除此篇外，还有《复
志赋》《闵己赋》《别知赋》。另，《韩昌黎文集·文外
集》还有一篇《明水赋》，前人考证为伪作。近人马其昶
《韩昌黎文集校注》中说："公之赋，见于集者四，大抵
多在取于《离骚》之意。"

五箴并序

人患不知其过，既知之，不能改，是无勇也。余生三十有八年，发之短者日益白，齿之摇者日益脱，聪明不及于前时，道德日负于初心①，其不至于君子而卒为小人也，昭昭矣！作《五箴》以讼其恶云②。

游箴

余少之时，将求多能，蚤夜以孜孜③；余今之时，既饱而嬉，蚤夜以无为。呜呼余乎，其无知乎？君子之弃，而小人之归乎④！

言箴

不知言之人，乌可与言⑤；知言之人，默焉而其意已传。幕中之辩，人反以汝为叛⑥；台中之评，人反以汝为倾⑦。汝不惩邪⑧，而呶呶以害其生邪⑨！

行箴

行与义乖，言与法违⑩，后虽无害，汝可以悔⑪；行也无邪，言也无颇⑫，死而不死，汝悔而何⑬？宜悔而休，汝恶曷瘳⑭？宜休而悔，汝善安在⑮？悔不可追，悔不可为[16]。思而斯得，汝则弗思[17]。

好恶箴

无善而好，不观其道[18]；无悖而恶，不详其故[19]。前之所好，今见其尤，从也为比，舍也为仇[20]。前之所恶，今见其臧[21]，从也为愧，舍也为狂[22]。维仇维比，维狂维愧，于身不祥，于德不义[23]。不义不祥，维恶之大，几如是为，而不颠沛[24]？齿之尚少，庸有不思[25]，今其老矣，不慎胡为！

知名箴

内不足者，急于人知[26]；需焉有余，厥闻四驰[27]。今日告汝，知名之法：勿病无闻[28]，病其哗哗[29]。昔者子路，惟恐有闻[30]，赫然千载，德誉愈尊。矜汝文章，负汝言语[31]，乘人不能，掩以自取[32]，汝非其父，汝非其师，不请而教，谁云不欺？欺以贾憎[33]，掩以媒怨[34]，汝曾不寤[35]，以及于难。小人在辱，亦克知悔，及其既宁，终莫能戒[36]。既出汝心，又铭汝前，汝如不顾，祸亦宜然。

【注释】

①道德：本指行为的规范，在此指自身的信仰和修养。负：辜负，有亏。初心：当初的心愿。

②讼：责备，自我检讨。

③蚤：同"早"。孜孜：勤奋不息的样子。

④"君子之弃"二句：弃，抛弃，淘汰。归，归往，归属。此句与序中"不至于君子而卒为小人"意同，意思说自己可能被君子所抛弃而属于小人的行列了。

⑤知言：深解言词之意。《孟子·公孙丑上》："何谓知言？曰：诐辞知其所蔽，淫辞知其所陷，邪辞知其所离，遁辞知其所穷。"乌可与言：岂可与之讲话。《论语·卫灵公》："子曰：'可与言而不与言，失人。不可与言而与之言，失言。'"

⑥"幕中之辩"：指韩愈在徐州节度使张建封幕中做节度使推官直谏受谴。洪兴祖《韩子年谱》："（贞元）十五年己卯。秋，为徐州节度推官。……九月一日上建封书论晨入夜归事，其后有谏击球书及诗。《旧史》云：'发言真率，无所畏忌，操行坚正，拙于世务。'公岂拙于世务者？特不能取容于俗耳。"叛，指背叛其上级。

⑦"台中之评"：指韩愈为监察御史时，曾上书《御史台论天旱人饥状》，而获罪贬阳山令。《韩子年谱》："（贞元）十九年癸未。拜监察御史。冬，贬连州阳山令。……是时有诏以旱饥蠲租之半，有司征愈急，公与张署、李方叔上疏，言关中天下根本，民急如是，请宽民徭而免田租之弊。天子恻然，卒为幸臣所谗，贬连州阳山令。幸臣，李实也。"倾：颠覆，指对朝廷有破坏行为。

⑧惩：警戒。

⑨呶呶：唠叨。害其生：自己损害生命。

⑩行：行为，品行。义：道义。乖：违背。言：言论。法：法则。违：背离，与乖互文见义。

⑪"后虽无害"二句：即使没有危害，但你也应有所悔悟。

⑫颇：偏颇。《说文解字》："颇，头偏也。""偏者，颇也。"与"行也无邪"的"邪"互文见义。

⑬"死而不死"二句：指人虽死但其精神不泯，这又有什么可遗憾内疚的呢？

⑭"宜悔而休"二句：曷，何，怎么。瘳（chōu），病愈。《说文解字》："瘳，疾愈也。"在此指改正。对自己的言行应感到内疚却无动于衷，你的过失怎么会得到改正呢？

⑮"宜休而悔"二句：本来应是问心无愧的，反而为自己言行感到内疚，那你的好品德何在呢？

⑯"悔不可追"二句：有了遗憾是无法挽回的，有了内疚是无法弥补的。《论语·微子》："往者不可谏，来者犹可追。"与此两句意思相近。

⑰"思而斯得"二句：思，思考。斯，此，指这个道理。这个道理只要一想就会知道，关键在于你根本不动脑筋。

⑱"无善而好"二句：无善，无益。道，指事理的本质。对于无益的人，你却爱好和他交往，这是由于你没有仔细观察其本质。

⑲"无悖（bèi）而恶（wù）"二句：无悖，无过错。故，原委。对于不做坏事的人，你却厌恶他，那是你没有深究其底细。

⑳"从也为比"二句：比，勾结。《论语·为政》："子曰：'君子周而不比，小人比而不周。'"舍，舍弃。仇，仇敌。如果对于不善的人，仍继续爱好而同他交往，那就成了朋比为奸；如果半途不再和他来往，那么对方将同你作对成为仇敌。

㉑臧：善，优点。《说文解字》："臧，善也。"

㉒"从也为愧"二句：如果继续同他交往，你会感到惭愧；如果不再与之交往，那你也未免太狂妄了。

㉓"维仇维比"四句：不论是同对方结仇还是朋比为奸，不论被认为狂妄还是内疚自愧，总之是对自身不利，对品德有损。

㉔"几如是为"二句：颠沛，跌跤。像这样做能有几个不栽跟头？

㉕"齿之尚少"二句：齿，指年龄。庸有，常有。年轻时经常有考虑不到的地方。

㉖"内不足者"二句：凡自身修养不足的人，总是

急于让人知道自己。

㉗"霈焉有余"二句：霈，同"沛"，充沛。厥，他的。闻，名声。四驰，传播四方。素养充实的人，他的声名自然会传播四方的。

㉘勿病无闻：病，忧虑。不要担心自己不被人所知。

㉙晔（yè）晔：此指名声太大，与实际不符。

㉚"昔者子路"二句：语出《论语·公冶长》："子路有闻。未之能行，唯恐有闻。"但韩愈引用此语与原意不同，近于断章取义。意思说子路怕出名。林云铭《韩文起》讲此句时说："至所引'子路有闻'解作'著闻'之'闻'，似以'未之能行'句，作不称其实看。昌黎所注《论语》，此类甚多，然皆奇合，不可拘朱注而訾其谬也。"

㉛"矜汝文章"二句：矜，自恃。负，自负。此二句意思是自己因会作文章而矜倨，凭借有口才而自负。

㉜"乘人不能"二句：利用别人所不擅长的而加以抹杀，借以自己取得名声而炫夸。

㉝贾憎：自招憎恨。贾，买，招惹。

㉞掩以媒怨：媒怨，招引怨恨。压制抹杀别人是引起别人怨恨的媒介。

㉟瘩：同"悟"。

㊱"小人在辱"四句：道德浅薄的人在受到屈辱歧

视时也想悔悟，一旦略平静些就老病重犯，终不能引之为戒。

【赏读】

"箴"是一种文体，用以规劝和告诫。宋朝王应麟《辞学指南》说："箴者，谏诲之词，若针之疗疾，故名箴。"韩愈的《五箴》正是省身克己、忏悔自责之作，正如序中所讲："作《五箴》以讼其恶。"

此文是韩愈三十八岁时所写，如果以今天的标准来衡量还应该算壮年，但古今不同，在此文序中韩愈说："发之短者日益白，齿之摇者日益脱。"他在《祭十二郎文》一文中亦说："吾年未四十，而视茫茫，而发苍苍。而齿牙动摇。……吾自今年来，苍苍者或化而为白矣，动摇者或脱而落矣。"完全是一幅暮年老态的形象了。

此文语意真挚，令人自省。高步瀛《唐宋文举要》中引李刚己评语，深得其旨，他说："此序词简意挚，无一字浮浪，读韩文宜深玩此等，不宜专学其奇倔之作，以其易涉叫嚣也。"《游箴》，"前六句笔势飞动，后四句语意极为沉挚"。《言箴》，"起四句语意警动"，"结笔有悠扬不尽之意"。《行箴》，"起八句曲折尽意；令读者忘其为有韵之文"，"结末笔势拗折"。《好恶箴》，"此首笔势尤为纵横跌宕，不可羁勒，其析理之精，亦不让宋贤也"。《知名箴》，"读此等文字，细玩其往来向背之势，可以悟古人用笔之妙"。又评论说："汉氏以降，为四言韵语者，自太史公、扬子云之外，鲜能出三百篇之范围，惟韩公不袭取三百篇形貌，而力足与之并。如此五首，词旨深切，笔势奇宕，实用周成《小毖》、卫武《抑戒》之嗣音也。"其中的《小毖》《抑戒》是《诗经·周颂·小毖》和《诗经·大雅·抑》。

自韩愈《五箴》之后，仿写者多有，尤以清代朱珪的《五箴》（《养心箴》《敬身箴》《勤业箴》《虚己箴》《致诚箴》）和曾国藩《五箴》（《立志箴》《居敬箴》《主静箴》《谨言箴》《有恒箴》）较为人知。

杂说 （一）

　　龙嘘气成云①，云固弗灵于龙也。然龙乘是气，茫洋穷乎玄间②，薄日月，伏光景③；感震电，神变化④；水下土，汩陵谷⑤：云亦灵怪矣哉！

　　云，龙之所能使为灵也，若龙之灵，则非云之所能使为灵也。然龙弗得云，无以神其灵矣。失其所凭依，信不可欤！异哉，其所凭依，乃其所自为也。

　　《易》曰："云从龙⑥。"既曰龙，云从之矣。

【注释】

　　①嘘气：呼出的气体。

　　②茫洋：即"徜徉"，往返回旋。穷：极尽。玄间：古语"天玄而地黄"，指宇宙间至幽至远的地方。

　　③薄：迫近。伏：藏，在此有遮挡的意思。景：同"影"。这两句是说，龙所乘之云，迫近日月，遮挡了它们的光芒。

　　④感：感应。震：雷霆。神变化：变化神妙莫测。

神，用作动词。

　　⑤水：用如动词，指降雨。下土：大地。汩：淹没。

　　⑥《易》：指《易经》。云从龙：《易经·乾·文言》："云从龙，风从虎。"

【赏读】

　　"说"是一种文体。"杂说"即不拘一题，心有所感，随意记下的文字，内容和形式都比较自由。

　　韩愈的《杂说》共四篇，本篇是其中的第一篇。全篇讲述了龙、云互相依辅的现象，龙得云才能变化无穷，而云则是龙"嘘气"而成的。至于本文的意旨，前人多认为此篇以龙喻君，以云喻臣。如林云铭的《韩文起》，吴楚材、吴调侯《古文观止》都主此说，而清人李光地说："此篇取类至深，寄托至广。精而言之，如道义之生气，德行之发为事业文章。大而言之，如君臣之遇合，朋友之应求，圣人之风之兴起百世，皆是也。"近人钱基博《韩愈志》也说："古人多以云、龙喻君臣，而韩愈《杂说》云、龙却别有解，龙喻英雄，云喻时势。英雄能造时势，而时势不能造英雄。无英雄则无时势，无龙则无云也。"

　　四篇《杂说》虽然尺幅很小，但都写得跌宕宛转，波澜极阔。所谓"纳须弥于芥子"，正如清人方苞所评："尺幅甚狭，而层叠纵宕，若崇山广壑，使观者莫能穷其际。"

杂说 （二）

　　善医者，不视人之瘠肥，察其脉之病否而已矣[①]；善计天下者，不视天下之安危，察其纪纲之理乱而已矣[②]。天下者，人也；安危者，肥瘠也；纪纲者，脉也。脉不病，虽瘠不害；脉病而肥者，死矣[③]。通于此说者，其知所以为天下乎！

　　夏、殷、周之衰也，诸侯作而战伐日行矣[④]。传数十王而天下不倾者，纪纲存焉耳[⑤]。秦之王天下也，无分势于诸侯，聚兵而焚之[⑥]，传二世而天下倾者，纪纲亡焉耳[⑦]。是故四支虽无故[⑧]，不足恃也，脉而已矣；四海虽无事，不足矜也，纪纲而已矣。忧其所可恃，惧其所可矜[⑨]，善医善计者，谓之天扶与之[⑩]。《易》曰："视履考祥[⑪]。"善医善计者为之。

【注释】

　　①善医者：指精于医术的人。善，研精，擅长。瘠肥：胖瘦。脉：脉象。《素问·痿论》："心主身之血脉。"

②计：《说文》："计，会也，算也。"在此有谋划的意思。纪纲：法度，法律。《尚书·五子之歌》："今失厥道，乱其纪纲，乃厎（音止，至也）灭亡。"

③"天下者"六句：将天下比喻为人体。其重点强调在最后二句，对于国家来讲是纪纲，如同人的血脉。通晓此理亦可治理天下。

④夏、殷、周：即夏、商、周，上古的朝代名，《史记》中有《夏本纪》《殷本纪》《周本纪》。诸侯作：指诸侯兴起。《说文》："作，起也。"战伐日行：诸侯之间战伐不断。《孟子·尽心下》："孟子曰：'春秋无义战。'"是指春秋时期没有正义的战争。

⑤传数十王而天下不倾者，纪纲存焉：夏朝自启建立后，至桀灭亡，共历十三代，十六王。自第二代太康时期就战乱频仍。殷商自汤至纣共十七代，三十一王。自第六代中丁就混战，盘庚中兴，时间不久又陷入混乱。自周武王姬发建立周朝，至周平王宜臼东迁，进入春秋战国时代，又历二十四王乃亡。夏、殷、周三个朝代，征伐不断但能坚持这么多年，其原因是"纪纲存焉"。

⑥秦之王天下也：秦始皇嬴政兼并诸侯，公元前221年建立秦帝国，统一了全国。无分势于诸侯：秦实行统一集权，没有将权势分给诸侯。聚兵而焚之：指秦收缴兵器销毁。兵，兵器。《说文》："兵，械也。"

⑦"传二世而天下倾者"二句：秦建立了王朝，传至第二代就灭亡了，前后不过十五年光景。其原因是"纪纲亡焉"。

⑧四支：四肢。支，通"肢"。

⑨"忧其所可恃"二句：这两句的意思是，所矜持凭依的纪纲正确与否，是最值得慎重和忧惧的。

⑩天扶与之：上天扶持而与之。也就是要顺乎天意。

⑪"《易》曰"句：《易经·履卦》："视履考祥，其旋元吉。"孔颖达《疏》："视其所履之行。善恶得失，考其祸福之征祥。"履，践行。考，考察。祥，兴衰征兆。

【赏读】

本篇为《杂说》四篇之二，是以医家之术比喻治国理念，句句转换、层层深入，条分缕析、鞭辟入里是此文的特点。

"善医者""善计天下者"，正与古语"上医治国，下医治病"相吻合。虽所操不同而其理一也。比喻，以浅近易懂的事物比喻复杂艰深的事物，达到说理的目的，其关键在于二者比喻贴切。文章开头将"善医"三句与"善计天下者"三句，并列排开，为接下来"天下者，人也；安危者，肥瘠也；纪纲者，脉也"三组比喻做了铺垫，通过三组比喻又夯实了"脉不病，虽瘠不害；脉病而肥者，死矣"的基础，得出纪纲正确与否，对于国家存亡至关重要的结论。随后，列举了历史上夏、商、周三代战乱不止，却都生存了几百年的例子，以及秦始皇虽然平息了各路诸侯统一全国，建立大业，但传到二世，仅十五年就灭亡了的教训。用历史事件更进一步坐实"纪纲"是立国之本的定律。时至今日是不是也有可借鉴之处？

此篇与《杂说（一）》结句均引用了《周易》，《杂说（三）》暗用《论语》中语，都是行文中的逆入之法，加强全文的说服力。另外，阅读欣赏此文时，要注意其中节奏的缓急和张弛，这一点需要我们细心去体会。

杂说 （三）

谈生之为《崔山君传》①，称鹤言者②，岂不怪哉！然吾观于人，其能尽其性而不类于禽兽异物者希矣③。将愤世嫉邪④，长往而不来者⑤之所为乎？

昔之圣者，其首有若牛者，其形有若蛇者，其喙有若鸟者，其貌有若蒙俱者⑥。彼皆貌似而心不同焉，可谓之非人邪？即有平胁曼肤⑦，颜如渥丹⑧，美而很者⑨，貌则人，其心则禽兽，又恶可谓之人邪？然则观貌之是非，不若论其心与其行事之可否为不失也。怪神之事⑩，孔子之徒不言，余将特取其愤世嫉邪而作之，故题之云尔⑪。

【注释】

①谈生：谈姓，名字不知。《崔山君传》：疑是一篇传奇，山君是虎的别称。

②称鹤言者：说话如同鹤鸣，称其异于常人。

③尽其性：尽其为人的天性。

④愤世嫉邪：愤慨不合理的社会现象，愤恨邪恶势力。

⑤长往而不来者：指超凡高尚之隐士。

⑥"其首有若牛者"四句：据皇甫谧《帝王世纪》载，神农，人身牛首；伏羲、女娲，蛇身人首。《尸子》"禹长颈鸟喙"，《荀子·非相》"仲尼之状，面如蒙倛"。蒙倛（qī），古代驱疫辟邪的神像，面相凶恶。

⑦平胁曼肤：曼，美也。《楚辞·天问》："平胁曼肤，何以肥之。"形容体态丰硕，肌肤细腻。

⑧颜如渥丹：形容脸色红润。《诗经·秦风·终南》："颜如渥丹，其君也哉。"

⑨美而很：《左传·襄公二十六年》："太子痤美而很。"指太子痤貌美而心狠。很，通"狠"，凶恶。

⑩怪神之事，孔子之徒不言：《论语·述而》："子不语怪、力、乱、神。"孔子之徒不讲那些怪异鬼神之说。

⑪题之：指为谈生《崔山君传》题词。

【赏读】

在《杂说》四篇之中，这篇文章比较特别，其他三篇都有寓言性质，第一篇以龙、云为喻，第二篇以医者与治理天下为喻，第四篇以千里马与相马伯乐为喻，皆用寓言来阐明道理，而此篇是为谈生的《崔山君传》写的一篇题记，从文末"故题之云尔"一句可知，写作方法与其他三篇不同。这四篇《杂说》也未必写于一时，《昌黎先生集》是韩愈去世后由他的学生也是其女婿李汉整理的。这四篇是否作于同时不可详考。

谈生及其所作《崔山君传》一文，均不可考。从韩愈本文分析，崔山君是一位愤世嫉邪的大德之士，韩愈借题发挥，列举古代传说中神农氏、女娲氏、大禹及孔子异乎常人的长相而有盛德的例子。清代张伯行《重订唐宋八大家文钞》评此文说："古人形似兽，皆有大圣德，今人形似人，兽心不可测，与是说同一愤世嫉邪之心也。孟子曰'庶民去之，君子存之'尚慎旃哉！"是深得此文之旨的。《史记·仲尼弟子列传》讲"以貌取人，失之子羽"，子羽是孔子的学生澹台灭明，有大德但相貌丑陋，也就是文中所讲"观貌之是非，不若论其心与其行事之可否为不失也"。

细绎此文似胎息于《列子·黄帝》："包牺氏、女娲氏、神农氏、夏后氏，蛇身人面，牛尾虎鼻。此有非人之状，而有大圣之德。夏桀、殷纣、鲁桓、楚穆，状貌七窍皆同于人，而有禽兽之心。"文章最后说"怪神之事，孔子之徒不言"，看来《崔山君传》属于"怪、力、乱、神"之类，但一向以孔孟儒家嫡传，韩愈怎么会给"怪、力、乱、神"的文章写题记呢？文章最后表明其用意："余将特取其愤世嫉邪而作之"。

杂说（四）

世有伯乐[1]，然后有千里马。千里马常有，而伯乐不常有，故虽有名马，只辱于奴隶人之手[2]，骈死于槽枥之间[3]，不以千里称也。

马之千里者，一食或尽粟一石[4]，食马者不知其能千里而食也[5]。是马也，虽有千里之能，食不饱，力不足，才美不外见[6]，且欲与常马等不可得，安求其能千里也！

策之不以其道[7]，食之不能尽其材，鸣之而不能通其意[8]，执策而临之曰："天下无马。"呜呼！其真无马邪？其真不知马也[9]！

【注释】

①伯乐：孙阳，字伯乐，春秋时秦穆公时人，以善相马著称。伯乐识千里马的故事，出自《战国策·楚策》。

②辱：屈辱，作践，指得不到应有待遇。奴隶人：

指一般养马的人。

③骈死：相比连而死去。槽枥：盛饲料的器具叫槽，马厩叫枥。

④一食或尽粟一石：一食，一顿饭。一石，十斗为一石。此句极言千里马饭量之大。

⑤食马者：喂养马的人。食，同"饲"，喂养。

⑥才美：指千里马的才能和美德。不外见：不外露。见，同"现"。

⑦策之不以其道：策，本是马鞭，在此用作动词，是鞭打、驾驭的意思。道，方法。此句是说驾驭不得其法。

⑧鸣之：指马哀鸣。

⑨"其真无马邪"二句：其，同"岂"，难道。此两句既是对养马人的讽刺，又是发自内心的愤激之语。

【赏读】

本篇是《杂说》之四，是韩愈的名篇，因中学语文教材选录此文（改名为《马说》），尤为知名。通篇譬喻，以千里马比喻有才智的贤士，以伯乐比喻能慧眼识英之人，以"千里马常有，而伯乐不常有"，叹息人才被埋没，甚至遭到小人的摧残的现象。本文有很大成分是抒发了韩愈本人郁郁不得志的愤慨。韩愈在《为人求荐书》及《送温处士赴河阳军序》中也曾引用伯乐的典故，足见他对于能赏识人才，并使人才得以重用的伯乐是十分期盼的。

全文比喻贴切，形象鲜明，语言生动而含蓄。清代李扶九《古文笔法百篇》评："此篇以千里马自喻，以伯乐喻知己，总言知己难遇也。（韩）文公之文，能大能小，能长能短，所谓狮子搏象用全力，搏兔亦用全力者。如此小文，亦见其生龙活虎之态。"近代的林纾评此文说："通篇都无火气，而言下却含无尽悲凉，真绝调也。"也正因如此，此文几乎成了家喻户晓的名篇。

伯乐相马的故事，在《楚辞》《庄子》《列子》及《战国策》中都有一些文字记载，但是，都不如这篇更让读者喜爱，因为这篇短文，完全是诗化的语言，说韩愈以诗入文，这篇文章最具代表性。

师说

古之学者必有师。师者，所以传道、受业、解惑也[1]。人非生而知之者，孰能无惑[2]？惑而不从师，其为惑也，终不解矣。生乎吾前，其闻道也，固先乎吾，吾从而师之；生乎吾后，其闻道也，亦先乎吾，吾从而师之。吾师道也，夫庸知其年之先后生于吾乎[3]？是故无贵无贱，无长无少，道之所存，师之所存也[4]。

嗟乎！师道之不传也久矣[5]，欲人之无惑也难矣。古之圣人，其出人也远矣，犹且从师而问焉[6]。今之众人，其下圣人也亦远矣，而耻学于师。是故圣益圣，愚益愚，圣人之所以为圣，愚人之所以为愚，其皆出于此乎？

爱其子，择师而教之；于其身也，则耻师焉，惑矣！彼童子之师，授之书而习其句读者[7]，非吾所谓传其道、解其惑者也。句读之不知，惑之不解，或师焉，或不焉[8]，小学而大遗[9]，吾未见其明也。

巫医乐师百工之人[10]，不耻相师。士大夫之族，曰师、曰弟子云者，则群聚而笑之。问之，则曰："彼与彼年相若也，道相似也。位卑则足羞，官盛则近谀⑪。"呜呼！师道之不复可知矣。巫医乐师百工之人，君子不齿，今其智乃反不能及，其可怪也欤！

圣人无常师⑫，孔子师郯子、苌弘、师襄、老聃⑬。郯子之徒，其贤不及孔子，孔子曰："三人行，则必有我师⑭。"是故弟子不必不如师，师不必贤于弟子，闻道有先后，术业有专攻，如是而已。

李氏子蟠⑮，年十七，好古文，六艺经传皆通习之⑯，不拘于时⑰，学于余。余嘉其能行古道，作师说以贻之⑱。

【注释】

①师者，所以传道、受业、解惑也：道，指儒家的学说。业，学业。惑，疑难。《礼记·文王世子》："师也者，教之以事而喻诸德者也。"此处是从求学角度立论，承首句"古之学者"而言，说学者求师，所以传圣人之道、受先哲之业、解自己之惑。

②人非生而知之者，孰能无惑：此二句是化用《论语·季氏》"生而知之者，上也"及《论语·述而》"我非生而知之者，好古，敏以求之者也"。

③庸知：岂知，哪管。

④"是故无贵无贱"四句：语出《吕氏春秋·劝学》："是故古之圣王，未有不尊师者也。尊师则不论其贵贱贫富矣。若此，则名号显矣，德行彰矣。故师之教也，不争轻重尊卑贫富，而争于道。"这四句意思是说，无论身份的贵贱和年龄的少长，先儒之道存在于谁的身上，做老师的资格也就存在于谁的身上。

⑤师道之不传也久矣：师道，指从师学道的风尚。韩愈认为："由汉氏已来，师道日微，然犹时有授经传业者，及于今则无闻矣。"（见韩愈《进士策问十三首》）

⑥出人：超过一般人。犹且：尚且。

⑦句读（dòu）：语意尽处，谓之句；语意未尽，而读时要略作停顿处，谓之读。指文章的断句。

⑧"句读之不知"四句：此四句是错综句式，即："句读之不知，或师焉；惑之不解，或不（同否）焉。"

⑨小学而大遗：小学，指习其句读。大遗，指惑之不解。只学了小处而忽略了大处。

⑩巫：古时以祈祷之术为职业的人。医：医生。《论语·子路》："人而无恒，不可以作巫医。"邢昺疏："巫主接神除邪，医主疗病。"乐师：以歌唱奏乐为职业的人。百工：各种工匠，泛指下层各种人物。

⑪位卑则足羞，官盛则近谀：这两句意为：如所拜的老师地位卑下，则会受到别人的奚落羞辱；如所拜的

老师官位高，又会受到谄谀权贵的闲话。

⑫圣人无常师：指圣人没有固定的老师。《论语·子张》："夫子焉不学，而亦何常师之有？"

⑬郯（tán）子：郯国的国君，姓己，《左传·昭公十七年》记载孔子向郯子请教少昊氏"以鸟名官"的事。苌弘：周敬王时的大夫，《孔子家语·观周》："（孔子）问礼于老聃。访乐于苌弘。"师襄：鲁国的乐师，孔子曾向他学弹琴。《史记·孔子世家》："孔子学鼓琴师襄子。"老聃：即老子，孔子曾向他问礼。《史记·孔子世家》："鲁君与之一乘车、两马、一竖子俱，适周问礼，盖见老子云。"

⑭三人行，则必有我师：出自《论语·述而》："子曰：'三人行，必有我师焉，择其善者而从之，其不善者而改之。'"

⑮李氏子蟠：李蟠，唐德宗贞元十九年（803）进士。

⑯六艺经传：六艺，指《易》《诗》《书》《礼》《乐》《春秋》，也称六经。经，指六经的正文。传，解释经的文字，如《公羊》《穀梁》皆泛称为"传"。

⑰不拘于时：不受当时耻学于师的俗风陋习的影响。

⑱贻：同"遗"，送给。

【赏读】

本文是韩愈阐述师道的名篇。虽然名义上是为李蟠所作，其实是借此来抨击当时上层社会中士大夫之族不肯相师的陋习。当时官僚士大夫重视门第观念，只认功名富贵、威权势力，不尊师重道。韩愈不顾世俗和非议，强调"人非生而知之者"，要想"解惑"，就必须"从师"，而且还提出了拜师是为了求学问、明道理，不在于年龄的少长和身份的贵贱。这在当时是有进步意义的。但是这一论点却遭到上层统治集团中当权者的诽谤和聚骂，据柳宗元《与韦中立论师道书》中说："今之世不闻有师……独韩愈奋不顾流俗，犯笑侮，收召后学，作《师说》，因抗颜而为师。……愈以是得狂名。"韩愈因作此篇而得狂名，以至于成了他遭贬广东阳山的原因之一。

本文写于唐德宗贞元十八年（802），当时韩愈正锐意进取，致力于"古文运动"，所以此文锋芒犀利，有破有立，篇幅虽短，但立论全面。韩愈倡"师道"，勉励后学，以之振兴儒家学说。文章结构很谨严，说理清晰，观点鲜明。文章开头以"古之学者必有师。师者，所以传道、受业、解惑也"开宗明义，旗帜独标，颇具新创。此句也成为后世尊师重道的名言。篇中的"道之所存，师之所存""弟子不必不如师，师不必贤于弟子""闻道有先后，术业有专攻"，今天习闻习见，但在当时都是具新鲜的思想内容的。清代张裕钊说"此篇最近《孟子》"。此文在写作上最明显一个特点是善于对比，通过对比，使自己的立论更为有力。宋代黄震《黄氏日钞》就道出了此文这一特点，他说："前起后收，中排三节，皆以轻重相形：初以圣与愚相形，圣且从师，况愚乎？次以子与身相似，子且从师，况身乎？次以巫医乐师百工与士大夫相形，巫乐百工且从师，况士大夫乎？公之提诲后学，亦可谓深切著明矣，而文法则自然而成者也。"

韩愈在《答李翊书》一文中说"气盛则言之短长与声之高下者皆宜"，这篇《师说》气势充沛，声之高下皆宜。也正是其理论的具体体现。中学语文教材选录此文，故尤为人们熟悉和传诵。

送穷文

　　元和六年正月乙丑晦①，主人使奴星结柳作车②，缚草为船，载糗舆粮③，牛系轭下，引帆上樯④。三揖穷鬼而告之曰："闻子行有日矣，鄙人不敢问所途⑤，窃具船与车，备载糗粮，日吉时良，利行四方⑥，子饭一盂，子啜一觞⑦，携朋挈俦，去故就新，驾尘彍风⑧，与电争先。子无底滞之尤⑨，我有资送之恩，子等有意于行乎？"

　　屏息潜听，如闻音声，若啸若啼，砉歘嘤嘤⑩，毛发尽竖，竦肩缩颈，疑有而无，久乃可明，若有言者曰："吾与子居，四十年余，子在孩提，吾不子愚。子学子耕，求官与名，惟子是从，不变于初。门神户灵，我叱我呵⑪，包羞诡随⑫，志不在他。子迁南荒⑬，热烁湿蒸，我非其乡，百鬼欺陵。太学四年，朝齑暮盐⑭，惟我保汝，人皆汝嫌。自初及终，未始背汝，心无异谋，口绝行语，于何听闻，云我当去，是必夫子信谗，有间于予也⑮。我鬼非人，安用车船，鼻齆臭香，糇粮可捐[16]。单独一身，谁为朋俦，子苟备知，可数已不[17]？子能尽言，可谓圣智，情状既露，敢不回避。"

主人应之曰："子以吾为真不知也邪？子之朋俦，非六非四，在十去五，满七除二[18]，各有主张，私立名字，掩手覆羹，转喉触讳[19]，凡所以使吾面目可憎，语言无味者，皆子之志也。其名曰'智穷'：矫矫亢亢，恶圆喜方[20]，羞为奸欺，不忍害伤。其次名曰'学穷'：傲数与名，摘抉杳微，高揖群言，执神之机[21]。又其次曰'文穷'：不专一能，怪怪奇奇，不可时施，祇以自嬉[22]。又其次曰'命穷'：影与形殊[23]，面丑心妍，利居众后，责在人先。又其次曰'交穷'：磨肌戛骨，吐出心肝[24]，企足以待，置我仇冤[25]。凡此五鬼，为吾五患，饥我寒我，兴讹造讪[26]，能使我迷，人莫能间，朝悔其行，暮已复然，蝇营狗苟[27]，驱去复还。"

言未毕，五鬼相与张眼吐舌，跳踉偃仆[28]，抵掌顿脚[29]，失笑相顾。徐谓主人曰："子知我名，凡我所为，驱我令去，小黠大痴[30]。人生一世，其久几何，吾立子名，百世不磨。小人君子，其心不同，惟乖于时[31]，乃与天通[32]。携持琬琰，易一羊皮[33]，饫于肥甘，慕彼糠糜[34]。天下知子，谁过于予，虽遭斥逐，不忍子疏，谓予不信，请质《诗》《书》㉟。"

主人于是垂头丧气，上手称谢㊱，烧车与船，延之上座㊲。

【注释】

①元和六年：元和，唐宪宗李纯的年号。元和六年，即 811 年。晦：阴历每月最后一天。

②奴星：名叫星的仆人。

③载糗（qiǔ）舆粻（zhāng）：糗，干粮。粻，食粮。舆，用作动词，载运。此句意为用车运载干粮和食粮。

④牛系轭下，引帆上樯：轭，车前套牲口的用具。樯，桅杆。这两句是说，车和船都准备好了，随时可以出发。

⑤不敢问所途：不敢问你走哪条路到哪里去。

⑥日吉时良，利行四方：古时阴阳家要在出门时选一个好日子，以利于出行四方。此两句是催促穷鬼赶快择日而行。

⑦饭：用作动词，吃。盂：古代盛饭的器皿。啜：喝。觞：酒杯。

⑧驾尘：指牛车行驶扬起尘土。䭾（kuò）风：指船帆张开顺风而去。

⑨底滞：停滞，困厄。尤：怨恨。

⑩㗒（xū）欻（xū）嘤（yōu）嘤：形容声音细小若断若续。㗒欻，形容细小窸窣之声。嘤嘤，形容碎杂之声。

⑪门神户灵，我叱我呵：此两句意思是说，我似神灵一样呵护门户。叱、呵，大声怒斥。

⑫包羞：对带有污辱的举动也容忍而不计较。诡随：诡谲善变，盲目追随。

⑬子迁南荒：指韩愈贬为阳山令。南荒，南方荒蛮之地。

⑭朝齑（jī）暮盐：齑，切细的腌咸菜之类。此句是说每天吃的食物很粗劣。

⑮间（jiàn）：离间，隔阂疏远。

⑯鼻齅（xiù）臭香：只用鼻子闻一闻它的味道。齅，同"嗅"，闻。糇粮可捐：准备的干粮和食粮可以弃掉吧。

⑰子苟备知，可数已不：数，一一列数。已，同"以"。不，同"否"。这两句是说，你如果详知原委，是否可列数出来？

⑱"非六非四"三句：这三句均说一个"五"字。因是游戏文字而故意这样说。

⑲捩（liè）手覆羹，转喉触讳：捩手，一转手。覆

羹，把羹汤打翻。转喉，一张嘴。触讳，触犯忌讳。这两句意思是说，一伸手就惹祸，张嘴就说错话，让人不愉快。

⑳娇娇兀兀，恶圆喜方：娇娇，刚强的样子。兀兀，耿直的样子。恶圆喜方，厌恶圆滑喜欢方正。

㉑"傲数与名"四句：傲，轻视。数，指术数、历数之类。名，指典章制度等。摘抉，阐发，揭示。杳微，指杳远微妙的道理。挹，汲取。神，指自然规律神妙变化。机，枢机关键。这四句意思是轻视那些术数、历数和典章制度之学以及那些杳远微妙的道理。

㉒不可时施：不能施用于当时，于世无补。祇以自嬉：只能是自我消遣罢了。祇，同"只"。

㉓影与形殊：殊，不同。影子虽斜而身子正直。

㉔磨肌戛骨，吐出心肝：磨，同"摩"，抚摩。戛，敲击。这两句意思是说自己对待朋友披肝沥胆，真诚相待。

㉕企足以待，置我仇冤：企足翘望能得到肝胆相照的朋友，反而却招来冤仇。

㉖兴：编造。讹：谣言。讪：诽谤。

㉗蝇营狗苟：形容像苍蝇一样飞来飞去，像狗一样苟且钻营令人讨厌。

㉘跳踉偃仆：跳跃仆跌。

㉙抵掌：相互鼓掌。顿脚：跳脚顿足。这几句是形容"五鬼"相庆相笑的样子。

㉚小黠（xiá）大痴：黠，聪明，狡黠。只有小聪明，没有大智慧。

㉛惟：一说通"虽"。乖：违背，不合时宜。

㉜天：在此指自然法则。通：和谐一致。

㉝携持琬琰，易一羊皮：琬琰，泛指美玉。拿着美玉这样贵重的东西，却换一张羊皮。

㉞饫（yù）于肥甘，慕彼糠糜：饫，饱。肥甘，指肥美的食物。糠糜，极粗劣的食物。这两句是说吃饱了美食而又去羡慕粗劣食物。作者这里用"琬琰""肥甘"来借喻自身的才华及所奉行学说，用"羊皮""糠糜"来比喻世俗的东西。

㉟谓予不信，请质《诗》《书》：如果我的话不真实，请去问《诗》《书》那些经典。表示这些话是合于古人的经典的。

㊱上手：拱手作揖。

㊲延：请。

【赏读】

　　相传上古高辛氏帝喾（一说高阳氏颛顼）有一个儿子，喜欢穿破衣服，吃剩食，人们称他为"穷子"，他死于正月晦日（三十），后来人们就在这天将破衣剩食拿到门外祭祀他，称之为"送穷"。韩愈在此文前有注云：予尝见《文宗备问》云："颛顼高辛时，宫中生一子，不着完衣，宫中号为穷子。其后正月晦死，宫中葬之，相谓曰：'今日送却穷子。'自尔相承送之。"

本文是韩愈借送穷来发牢骚，通过穷鬼之口，历数自己半生的坎坷遭际，而自己欲摆脱穷困但又无可奈何，最后还是不得不将穷鬼延之上座。文章以戏谑诙谐之笔，来写困顿孤愤，亦谐亦庄，所以更显得险峻峭健。

黄庭坚《跋韩退之〈送穷文〉》中讲："《送穷文》盖出于扬子云《逐贫赋》，制度始终极相似，而《逐贫赋》文类俳，至退之亦谐戏而语稍庄，文采过《逐贫》矣。"黄庭坚有《寄晁元忠十首》，其中第二首曰："子云赋逐贫，退之文送穷。二作虽类俳，颇见壮士胸。"看来黄庭坚是很推崇此文的。

此文句式骈俪铺排，多用四言韵句，嵌入散句之内。巧妙运用了排比、对偶，可见韩愈骈文的功力亦是很深的。此文与《进学解》《送李愿归盘谷序》有异曲同工之妙。吴北江《古文范》讲："此篇诙谐之趣，较前篇（指《进学解》）尤胜。曾文正公尝谓诙诡之文，为古今最到之诣，从来不可多得者也。公以游戏出之，而浑穆庄重，俨然高文典册，尤为大难。"

此文属于赋体，姚鼐《古文辞类纂》就将此文归于"辞赋类"。

进学解

国子先生晨入太学[①]。招诸生立馆下，诲之曰："业精于勤，荒于嬉；行成于思，毁于随[②]。方今圣贤相逢[③]，治具毕张[④]，拔去凶邪，登崇俊良[⑤]。占小善者率以录，名一艺者无不庸[⑥]，爬罗剔抉，刮垢磨光[⑦]。盖有幸而获选，孰云多而不扬[⑧]！诸生业患不能精，无患有司之不明；行患不能成，无患有司之不公。"

言未既，有笑于列者曰[⑨]："先生欺余哉！弟子事先生，于兹有年矣。先生口不绝吟于六艺之文[⑩]，手不停披于百家之编[⑪]，记事者必提其要，纂言者必钩其玄[⑫]。贪多务得，细大不捐[⑬]，焚膏油以继晷[⑭]，恒兀兀以穷年[⑮]。先生之业，可谓勤矣。抵排异端，攘斥佛老[⑯]，补苴罅漏，张皇幽眇[⑰]，寻坠绪之茫茫，独旁搜而远绍[⑱]，障百川而东之，回狂澜于既倒[⑲]。先生之于儒，可谓有劳矣。沉浸醲郁[⑳]，含英咀华[㉑]，作为文章，其书满家。上规姚姒[㉒]，浑浑无涯[㉓]；《周诰》《殷盘》[㉔]，佶屈聱牙[㉕]；《春秋》谨严[㉖]，《左氏》浮夸[㉗]，

《易》奇而法㉘，《诗》正而葩㉙；下逮《庄》《骚》㉚，太史所录㉛，子云、相如㉜，同工异曲㉝。先生之于文，可谓闳其中而肆其外矣㉞。少始知学，勇于敢为；长通于方㉟，左右具宜。先生之于为人，可谓成矣㊱。

"然而公不见信于人，私不见助于友，跋前踬后㊲，动辄得咎，暂为御史，遂窜南夷㊳，三年博士㊴，冗不见治㊵。命与仇谋，取败几时㊶！冬暖而儿号寒，年丰而妻啼饥，头童齿豁㊷，竟死何裨㊸！不知虑此，而反教人为？"

先生曰："吁，子来前！夫大木为杗㊹，细木为桷㊺，欂栌侏儒㊻，椳闑扂楔㊼，各得其宜，施以成室者，匠氏之工也。玉札丹砂㊽，赤箭青芝㊾，牛溲马勃㊿，败鼓之皮俱收并蓄51，待用无遗者，医师之良也。登明选公，杂进巧拙52，纡余为妍53，卓荦为杰54，校短量长，惟器是适者55，宰相之方也。昔者孟轲好辩56，孔道以明57，辙环天下58，卒老于行59。荀卿守正60，大论是弘61，逃谗于楚，废死兰陵62。是二儒者，吐辞为经，举足为法63，绝类离伦，优入圣域64。其遇于世何如也？

"今先生学虽勤而不繇其统65，言虽多而不要其中66，文虽奇而不济于用，行虽修而不显于众。犹且月费俸钱，岁靡廪粟67，子不知耕，妇不知织，乘马从徒，安坐而食，踵常途之役役(68)，窥陈编以盗窃(69)。然而圣主不加诛，宰臣不见斥(70)，兹非其幸欤！动而得谤，名亦随之，投闲置散乃分之宜(71)。

“若夫商财贿之有亡，计班资之崇庳(72)，忘己量之所称(73)，指前人之瑕疵，是所谓诘匠氏之不以杙为楹，而訾医师以昌阳引年，欲进其豨苓也(74)。”

【注释】

①国子先生：韩愈自称，当时韩愈任国子博士。太学：指国子监，封建王朝所设的高级学府。

②“业精于勤”四句：业，学业。精，精通。嬉，放纵于游乐。行，行为举止。思，专心思考。随，不假思考盲目追随他人。这四句话成了后人的经典名言。

③圣贤：圣君贤臣。

④治具毕张：治具，治理国家的一切设施，指法律政令。《史记·酷吏列传》：“法令者，治之具。”毕张，设置齐全。

⑤拔去凶邪，登崇俊良：凶邪，指凶恶邪僻的人。登崇，进用尊崇。俊良，优秀人才。

⑥占：具有。小善：小的特长。率：大都。录：录用。名一艺者：以一技之长见称的人。庸：同“用”。

⑦爬罗剔抉，刮垢磨光：爬罗，仔细寻觅搜罗。剔

抉，认真挑选抉择。刮垢磨光，刮去污垢使之光亮。爬罗剔抉，指对人才的搜罗选拔。刮垢磨光，指对人才的避短扬长。

⑧"盖有幸而获选"二句：幸，幸运。多，才能高。扬，举，提拔。这两句意思是，大概只有才智不足而侥幸选用的，谁说足智多谋却不容易显扬呢？

⑨既：尽。笑：讪笑。

⑩六艺：指儒家经典，《诗》《书》《礼》《乐》《易》《春秋》。

⑪披：浏览。百家之编：指诸子百家的著作。

⑫记事者：指记事方面的典籍。提其要：提举纲要。纂言者：指立论方面的著作。钩其玄：揭示它深微的道理。

⑬贪多务得，细大不捐：对学问贪婪无休止地追求，一定要取得收获，无论大小都不丢弃。

⑭膏油：灯油。晷：日光。

⑮恒：常。兀兀：勤奋不懈的样子。穷年：一年到头。

⑯抵排：抵制排斥。异端：韩愈以儒家正统自居，凡与儒家学说相抵牾的学说，他一概视为异端。攘斥：排斥。佛老：指佛教和道教。

⑰补苴：填补，弥缝。罅漏：漏洞。张皇：张大。幽眇：精深微妙的道理。

⑱坠绪：指已经断绝的儒家道统。韩愈《与孟尚书书》："二帝三王群圣人之道，于是大坏，后之学者无所寻逐，以至于今泯泯也。"茫茫：茫然无头绪。旁搜：各方面搜求。远绍：远继孔孟的学说。

⑲"障百川而东之"二句：障，阻挡。东之，往东流。回，挽回。既倒，指狂澜决堤乱流。此二句意思是，阻挡百家之说的泛滥无归，把它们往正确方向引导，使之归于儒家学说；尽最大努力把即将决堤的狂澜挽回，免得异端邪说横溢成灾。

⑳酽郁：本指酒香醇美，此指古代典籍中精粹的内容。

㉑含英咀华：英、华，在此指书中的精华。此句意思是，含味咀嚼书中的精华。

㉒上规姚姒：规，取法。姚姒，虞舜姚姓，夏禹姒姓。此指虞夏时代的书，《尚书》中有《虞书》《夏书》。

㉓浑浑无涯：浑厚广大无边际。扬雄《法言·问神篇》："虞、夏之书，浑浑尔。"

㉔《周诰》《殷盘》：诰，古代用于告诫、勉励的一种文体。《周诰》，指《尚书·周书》中的《大诰》。《殷盘》，指《尚书·商书》中的《盘庚》篇。

㉕佶屈聱牙：指语词艰涩拗口。

㉖《春秋》：相传为孔子加工纂修的我国最早的一部

编年史。谨严：指文字简洁严密。

㉗《左氏》：指《春秋左氏传》。浮夸：文笔铺排夸大。范宁《穀梁传集解序》："《左氏》艳而富，其失也巫。"

㉘《易》：指《易经》。奇而法：法，法则、规律。表面神奇而内容有规律可循。

㉙《诗》：指《诗经》。正而葩：内容纯正而文采华美。自韩愈此句，后人多将《诗经》称为《葩经》。

㉚下逮《庄》《骚》：下逮，下及，与上文中"上规"相对而言。《庄》《骚》，指《庄子》和《离骚》，它们成书的时代较晚，在战国后期，故云"下逮"。

㉛太史所录：指司马迁的《史记》。

㉜子云、相如：子云，扬雄的字。相如，司马相如。二人为西汉著名的辞赋家。

㉝同工异曲：本指乐师技艺同样精妙，而所奏的曲调不同。此指上述作家或作品都很出色而风格各不相同。

㉞闳其中：指文章内容博大宏赡。肆其外：指文辞奔放壮伟。

㉟长通于方：方，指治国的道理，处世的礼法。此句是说，年稍长通达道理和礼法。

㊱成：成熟，完备。

㊲跋前踬（zhì）后：跋，践踏。踬，跌倒。比喻进退两难。《诗经·豳风·狼跋》："狼跋其胡，载疐其尾。"

说狼前进就踩上它颔下的悬肉，后退又被尾巴绊住。

㊳暂为御史：御史，监察御史。韩愈在贞元十九年（803）为监察御史，因关中大旱，韩愈上疏请宽赋税，遭谗被贬为阳山（广东省阳山县）令。韩愈有《御史台上论天旱人饥状》。

㊴三年博士："年"或作"为"字。韩愈在贞元十八年（802）为四门博士，元和元年（806）为国子博士，元和七年（812）复为国子博士。

㊵冗不见治：冗，这里指自己是多余的人。治：管理。这里"不见治"指不为人所过问。

㊶"命与仇谋"二句：命，命运。仇，敌对。此二句意思是，命运不顺常与自己作对，没有多久就招致失败。

㊷头童齿豁：头童，因发脱而秃顶。齿豁，牙齿脱落。

㊸竟死何裨：直到老死又有什么补益。

㊹宋（máng）：屋的大梁。

㊺桷（jué）：椽子。

㊻欂栌（bó lú）侏儒：欂栌，支撑栋梁的方木，即斗拱。侏儒，梁上的短柱。

㊼椳（wēi）：承托门轴的门臼。闑（niè）：门中央所竖的短木。扂（diàn）：门闩。楔：门框。

㊽玉札：即地榆。丹砂：即朱砂。

㊾赤箭：即天麻。青芝：即灵芝。

㊿牛溲：即车前草。马勃：即马屁菌。

(51)败鼓之皮：破鼓皮，可入药。

(52)登明：举用人才正确。选公：选拔人才公正。杂进巧拙：无论人才的优劣都一齐被录用。

(53)纡余：婉曲从容，此指为人稳重有涵养。

(54)卓荦（luò）：才能超众。

(55)“校短量长”二句：校，同“较”。短、长，指才能的大小。器，才能。这两句意思是，比较才能的大小，尽量使各种人才得到合理使用。

(56)孟轲好辩：孟轲，孟子名轲。《孟子·滕文公下》“公都子曰：‘外人皆称夫子好辩，敢问何也?’孟子曰：‘予岂好辩哉？予不得已也。’”

(57)孔道以明：孔道，孔子之道。明，彰著。《孟子·滕文公下》：“孟子曰：‘杨、墨之道不息，孔子之道不著。’”

(58)辙环天下：辙，车轮的轨迹。环，环绕。此句是说，孟子游说列国。

(59)卒：最后。老：老死。行：路途。

(60)荀卿：名况，战国末年赵国人，继孟子之后的儒学大师。守正：恪守正统儒家学说。

(61)大论是弘：大论，指博大的儒家学说。弘，发扬光大。

㉒"逃谗于楚"二句：荀卿在齐国被人谗毁，逃往楚国。楚国宰相春申君黄歇任他为兰陵令，春申君死后，荀卿也被废黜，后来便死在那里。事见《史记·孟子荀卿列传》。

㉓"吐辞为经"二句：吐辞，指言论。经，经典。举足，指行动。法，法则。这两句意思是说凡言论都符合圣人的经典，凡行为都堪称模范。

㉔绝类离伦：指超出一般的儒者。优：绰余。圣域：圣人的领域。优入圣域，指对儒家学说造诣很深，能升堂入室。

㉕先生：韩愈自称。不繇其统：繇，通"由"。不能遵循儒家的道统。

㉖不要（yāo）其中：要，符合，获取。中，关键要领。没有掌握其中要领。

㉗靡：浪费，耗费。廪粟：官府仓库中供应官吏的粮食。

㉘踵：跟随。常途：世俗之途。役役：奔走钻营的样子。

㉙陈编：指古人的学说和著作。

㉚斥：指撤职，罢免。

㉛投闲置散乃分之宜：闲、散，都指闲散的职位。分，本分。此句意思是，把我安置在闲散职位上，是和我本分相宜的。

⑦若夫：至于。商：计算。财贿：指俸禄。亡：同
"无"。计：估量。班资：指官位品秩。庳：同"卑"。崇
庳，高低。

⑦己量：自己的能力。所称：指与自己才能相称的
职位。

⑦"是所谓诘匠氏之不以杙（yì）为楹"三句：诘，
责问。杙，小木桩。楹，柱子。訾（zǐ），诋毁。昌阳，
药材名，又名菖蒲。医书上记载常服此药可以聪耳明目、
延年益寿。豨苓，药材名，又名猪苓，可利小便，多服
损伤肾气。此三句意思是，这正像所谓责备工匠不用小
木桩代替柱子，责怪医师用昌阳来延年益寿而要他改用
豨苓一样。

【赏读】

　　此是韩文中的名篇。全文采用诘问解答形式，这显
然是模仿汉朝东方朔《答客难》、扬雄《解嘲》之作。
此篇大都用韵，属于"赋"体，但能随文变换，毫不板
滞，再加之骈散互错，奇偶相生。骈以立其骨，散以振
其声。偶见其凝重，奇出其流美。形成了"唐赋"中的
一种新风格。宋代洪迈《容斋随笔》说："东方朔《答
客难》自是文中杰出，扬雄拟之为《解嘲》，尚有驰骋自
得之妙。至于崔骃《达旨》、班固《宾戏》、张衡《应间》，

皆屋下架屋，章摹句写，其病与《七林》同，及韩退之《进学解》出，于是一洗矣。"韩愈的学生——著名文学家孙樵在《与王霖秀才书》中讲："韩吏部《进学解》，冯常侍《清河壁记》，莫不拔地倚天，句句欲活，读之如赤手捕长蛇，不施控骑生马，急不得暇，莫可捉搦。"

本文的主旨阐述自己修德治学之道，但更多的是抒发作者才高不遇、不得重用的苦闷，《旧唐书·韩愈传》："愈自以才高，累被摈黜，作《进学解》以自喻。"也正如林纾《韩柳文研究法》所说："大旨不外以己所能，借人口为之发泄，为之不平，极口肆詈，然后制为答词，引圣贤之不遇时为解。说到极谦退处，愈显得世道之乖、人情之妄，只有乐天安命而已。其骤也若盲风瀁雨，其夷也若远水平沙。文不过一问一答而啼笑横生、庄谐间作，文心之狡狯，叹观止矣。"

此文在语言的锤炼上也极见功力，如"业精于勤，荒于嬉；行成于思，毁于随"至今已成家喻户晓的名句。"细大不捐""含英咀华""佶屈聱牙""同工异曲""俱收并蓄"等，已成为我们今天常用的成语。这也正如清人蔡铸所说："公文不以雕饰为工，而此篇极修词之妙，尤具倒海之势。"

讳辩

愈与李贺书，劝贺举进士①。贺举进士有名，与贺争名者毁之②，曰："贺父名晋肃，贺不举进士为是，劝之举者为非。"听者不察也，和而唱之，同然一辞。皇甫湜曰③："若不明白④，子与贺且得罪！"愈曰："然。"

律曰："二名不偏讳⑤。"释之者曰："谓若言'徵'不称'在'，言'在'不称'徵'是也⑥。"律曰："不讳嫌名⑦。"释之者曰："谓若'禹'与'雨'，'丘'与'蓲'之类是也⑧。"今贺父名晋肃，贺举进士，为犯"二名律"乎⑨？为犯"嫌名律"乎？父名晋肃，子不得举进士；若父名"仁"，子不得为人乎？

夫讳始于何时？作法制以教天下者，非周公、孔子欤？周公作诗不讳⑩，孔子不偏讳二名⑪，《春秋》不讥不讳嫌名⑫。康王钊之孙，实为昭王⑬。曾参之父名晳，曾子不讳"昔"⑭。周之时有骐期⑮，汉之时有杜度⑯，此其子宜如何讳？将讳其嫌，遂讳其姓乎？将不讳其嫌者乎？汉讳武帝名"彻"为"通"⑰，不闻又讳车辙之"辙"为某字也。讳吕后名"雉"为"野鸡"[18]，不闻又讳治天下之"治"为某字也。今上章及诏，不闻讳"浒""势""秉""饥"也[19]。惟宦官宫妾乃不敢言"谕"与"机"[20]，以为触犯。士君子言语行事，宜何所法守也？今考之于经，质之于律，稽之以国家之典[21]，贺举进士为可邪，为不可邪？

凡事父母，得如曾参，可以无讥矣。作人得如周公、孔子，亦可以止矣。今世之士，不务行曾参、周公、孔子之行，而讳亲之名则务胜于曾参、周公、孔子，亦见其惑也。夫周公、孔子、曾参卒不可胜[22]。胜周公、孔子、曾参，乃比于宦官宫妾，则是宦官宫妾之孝于其亲，贤于周公、孔子、曾参者耶！

【注释】

①"愈与李贺书"二句：李贺，字长吉，唐代著名诗人，曾从韩愈学习，他对韩愈十分钦佩，称韩为"东京才子，文章巨公"。李贺的父亲名晋肃，因"晋"与"进"同音，排挤他的人便以避父讳为由，认为他不应举进士，韩愈曾去信鼓励他参加进士考试。

②"贺举进士有名"二句：元和五年（810）李贺应河南府试，得中，为乡贡进士，选送进京，所以说举进士有名。与贺争名者，指与李贺同时应试的人。

③皇甫湜（shí）：字持正，元和元年（806）进士，官至工部郎中，从韩愈学习古文。

④明白：明确地把道理说清楚，讲出来。与今天常说的"明白"二字不同。

⑤律：指唐律。唐律为唐代法典的总称。二名不偏讳：语出《礼记·曲礼上》，意思是君上或尊长是双字名，只提及其中一个字时，不用避讳。

⑥"谓若言'徵'不称'在'"二句：《礼记·檀弓下》："夫子之母名'徵在'，言'在'不称'徵'，言'徵'不称'在'。"孔子的母亲名叫徵在，孔子单说"徵"或"在"字时，并不避讳。

⑦不讳嫌名：语出《礼记·曲礼上》，意思是不避讳与尊长名字同音的字。

⑧"谓若'禹'与'雨'"二句：《礼记·曲礼上》郑玄注："嫌名，谓音声相近，若'禹'与'雨'，'丘'与'蓲'也。"

⑨为犯"二名律"：为，是。犯，触犯。二名律，指上文讲的"二名不偏讳"。下面的"嫌名律"指"不讳嫌名"。

⑩周公作诗不讳：周文王名昌，周武王名发，周公作诗不讳"昌"和"发"，相传周公所做的《诗经·周颂·雍》和《诗经·颂·噫嘻》就有"克昌厥后"和

"骏发尔私"之句。

⑪孔子不偏讳二名：孔子对母亲的名字"徵在"二字也不偏讳，他在《论语》中多次分别用"徵"（征）字或"在"字。例如：《论语·八佾》："子曰：'夏礼，吾能言之，杞不足征也。殷礼，吾能言之，宋不足征也。文献不足故也。足，则吾能征之矣。'"又《论语·颜渊》："子曰：'己所不欲，勿施于人。在邦无怨，在家无怨。'"

⑫《春秋》不讥不讳嫌名：《春秋》，儒家的经典之一。相传是孔子据鲁史修订而成。《春秋》中没有讥讽对嫌名不讳的情况。

⑬"康王钊之孙"二句：康王，指周朝第三位君主，名钊。昭王，周朝第四位君主，名瑕。"昭"和其父名"钊"同音，也并没有讳嫌名。据《史记·周本纪》载，昭王是康王之子，而不是孙。

⑭曾参：孔子的得意门生之一，以孝行著称。他的父亲名皙，也是孔子的学生，《论语·泰伯》中记曾参的话："昔者吾友，尝从事于斯矣。""昔"与"皙"同音，曾参也并没有讳嫌名。

⑮骐期：其人事迹不详。"骐"与"期"二字同音。

⑯杜度：东汉人，原名杜操，因避曹操讳，改为杜度，善草书。

⑰汉讳武帝名"彻"为"通"：汉武帝刘彻，为避

他的讳，凡"彻"字改为"通"字，"彻侯"为"通侯"，"蒯彻"改"蒯通"。《汉书·百官公卿表》："彻侯，金印紫绶，避武帝讳曰通侯，或曰列侯。"

⑱吕后：汉高祖刘邦之妻，名雉（zhì）。雉：本是一种鸟类的名，汉以后因避吕雉的讳，将此种鸟改称"野鸡"。《史记·封禅书》："野鸡夜雊。"《集解》：如淳曰："野鸡，雉也。吕后名雉，故曰野鸡。"至今民间还用此俗称。

⑲"今上章及诏"二句：上章，臣子呈给皇上的奏本。诏，皇帝颁发的命令或文告。唐太祖（高祖李渊的祖父，追谥太祖）李虎，"虎"与"浒"同音。唐太宗李世民的"世"与"势"同音。唐世祖（李渊的父亲，追谥世祖）李昞的"昞"与"秉"同音。唐玄宗李隆基的"基"与"饥"同音。此两句的意思是，今天大臣们的奏章和皇上的诏书，没有听说避讳"浒""势""秉""饥"这样嫌名的字。

⑳宦官宫妾乃不敢言"谕"与"机"：宦官，指内监，明代以后称为太监。宫妾，宫女。谕，与唐代宗李豫之名同音。机，与唐玄宗李隆基的"基"同音。此句意思是，只有内监、宫女才避代宗、玄宗嫌名之讳，不敢说"谕""机"之类的字。

㉑"今考之于经"三句：考、质、稽三字意思相近，

考核的意思。经，指《礼记》。律，指《唐律》。国家之典，当朝的典章制度。

㉒胜：胜过、超过。

【赏读】

本文属论辩体，也可以说是一篇出色的杂文。讳，忌讳，避讳。辩，辩明、辩白的意思，后来成为一种文体，柳宗元有《桐叶封弟辩》，发展为辩论文。

在封建社会，对于君上或尊长的名字不能直呼直书，称为避讳，甚至同音的字也都要避讳，叫作避"嫌名"讳。这一习俗在当时人们头脑中根深蒂固。因为李贺的父亲名叫晋肃，李贺举进士似乎就犯了"家讳"（进与晋同音），会被冠以不孝不敬的罪名。连写信劝李贺举进士的韩愈，也遭到一些人的非议。韩愈对此陋习深恶痛绝，于是作《讳辨》驳斥这一谬论。《新唐书·文艺列传下·李贺传》载："（李贺）以父名晋肃，不肯举进士，愈为作《讳辨》，然卒亦不就举。"

作者在辩驳中，据律引经，稽之国典，证之圣贤，以事为例，层层反问，步步诘难，以子之矛，攻子之盾，逻辑周密使论证不容置辩。鲁迅先生的一些讽刺杂文，多似此文写作风格。宋代谢枋得《文章轨范》评此文说："理强气直，意高辞严，最不可及者；有道理可以折服人，全不直说破，尽是设疑，佯为两可之辞，待智者自择。此别是一样文法。”

此文笔锋犀利，思辨敏锐，又不乏辛辣的嘲讽。文章脱胎于《孟子》，而更加跌宕有锋芒，所以唐顺之《文编》说它是“奇绝之文”，茅坤《唐宋八大家文钞》说：“古今以来，如此文不可多得。此文反复奇险，令人眩掉，实自显快。”

另外，也可看出韩愈对于封建礼教的痛斥和批判，这在当时是先进的，是难能可贵的。

原毁

　　古之君子，其责己也重以周^①，其待人也轻以约^②。重以周，故不怠；轻以约，故人乐为善。闻古之人有舜者，其为人也，仁义人也，求其所以为舜者，责于己曰："彼，人也，予，人也，彼能是，而我乃不能是^③？"早夜以思，去其不如舜者，就其如舜者。闻古之人有周公者，其为人也，多才与艺人也^④，求其所以为周公者，责于己曰："彼，人也，予，人也，彼能是，而我乃不能是？"早夜以思，去其不如周公者，就其如周公者。舜，大圣人也，后世无及焉；周公，大圣人也，后世无及焉。是人也，乃曰："不如舜，不如周公，吾之病也。"是不亦责于身者重以周乎！其于人也，曰："彼，人也，能有是，是足为良人矣。""能善是，是足为艺人矣。"取其一不责其二，即其新不究其旧^⑤，恐恐然惟惧其人之不得为善之利。一善易修也，一艺易能也，其于人也，乃曰："能有是，是亦足矣。"曰："能善是，是亦足矣。"不亦待于人者轻以约乎！

今之君子则不然，其责人也详，其待己也廉⑥。详，故人难于为善；廉，故自取也少。己未有善，曰："我善是，是亦足矣。"己未有能，曰："我能是，是亦足矣。"外以欺于人，内以欺于心，未少有得而止矣。不亦待其身者已廉乎！其于人也，曰："彼虽能是，其人不足称也；彼虽善是，其用不足称也。"举其一不计其十，究其旧不图其新，恐恐然惟惧其人之有闻也。是不亦责于人者已详乎！夫是之谓不以众人待其身⑦，而以圣人望于人，吾未见其尊己也。

虽然，为是者，有本有原，怠与忌之谓也。怠者不能修⑧，而忌者畏人修。吾尝试之矣，尝试语于众曰："某良士，某良士。"其应者，必其人之与也⑨；不然，则其所疏远不与同其利者也⑩；不然，则其畏也。不若是，强者必怒于言，懦者必怒于色矣。又尝语于众曰："某非良士，某非良士。"其不应者，必其人之与也；不然，则其所疏远不与同其利者也；不然，则其畏也。不若是，强者必说于言⑪，懦者必说于色矣。是故事修而谤兴，德高而毁来。

呜呼！士之处此世，而望名誉之光⑫，道德之行，难已！将有作于上者⑬，得吾说而存之⑭，其国家可几而理欤⑮！

【注释】

①责己：要求自己。重以周：严格而全面。

②轻以约：宽松而简约。《论语·卫灵公》："子曰：'躬自厚而薄责于人，则远怨矣。'"朱熹注："责己厚，故身益修。责人薄，故人易从。所以人不得而怨之。"

③"彼，人也……不能是"：这几句是化用《孟子·离娄下》："孟子曰：'舜，人也；我，亦人也。舜为法于天下，可传于后世，我由未免为乡人也，是则可忧也。'"又，《孟子·滕文公上》："孟子曰：'世子疑吾言乎？夫道一而已矣。成覸谓齐景公曰："彼，丈夫也；我，丈夫也，吾何畏彼哉？"颜渊曰："舜，何人也？予，何人也？有为者亦若是。"……'"

④"闻古之人有周公者"三句：出自《尚书·金縢》记周公自言："予仁若考，能多材多艺，能事鬼神。"

⑤即：取。新：指新的进步。究：追究。旧：指过去的错误。

⑥详：详尽，这里是指对别人求全责备。廉：少，这里是指对自己要求不高。

⑦不以众人待其身：清代林云铭的《古文析义》认为此句中的"不"字是衍文，即"以众人待其身"，此句是说，只以一般普通人来衡量自己。

⑧修：学习求取进步。

⑨与：党与，同伙。

⑩不与同其利者：同他没有利害关系的人。

⑪说：同"悦"。

⑫光：光大，显赫。

⑬将有作于上者：作，作为。此句指身居高位而想有所作为的人。

⑭存：存想反省。

⑮几：接近。《尔雅·释诂》："几，近也。"理：治理。

【赏读】

"原毁"的"原"，是推论本原，其命名大约是由《周易》"原始要终"而来。后来认为"原"是一种文体，创自韩愈的"五原"（《原道》《原性》《原毁》《原人》《原鬼》），但在韩愈之前《吕氏春秋》有《原道训》，《文心雕龙》有《原道》等。韩愈只不过加以推衍，后人多有仿之者，如皮日休《皮子文薮》有《原谤》、黄宗羲《原君》、曾国藩《原才》等。原毁，就是推论和探讨毁谤的由来。

本文以古之君子与今之君子作比，从责己和待人两方面立论，揭示了毁谤的原委：毁人之根在忌人，忌人之根在己怠。林云铭《古文析义》:"从来毁人者之心,无非为尊己计,看来恕己责人,道德日流污下,何曾讨得一点便宜去邪?篇中结出'怠''忌'两字,可谓推见至隐。末写出人情恶薄,曲尽其志,以公平日动而得谤,故有是作。"

本文虽属论说文,但也可以说是篇杂文,它很注意形象的描述,所以十分生动,正如宋代谢枋得《文章轨范》所讲,"此篇曲尽人情,巧处妙处,在假托他人之言辞,摹写世俗之情状"。喜用排句也是本文一写作特点,在排句中往往更换几个字,化偶为排,使文气活泼而不呆板。还值得注意的是,本文在结构上,多是两两相对,清代过珙《古文评注》:"看来是两扇文字,亦似八股文字。责己待人,是一篇之柱。详与廉,毁之枝叶;怠与忌,毁之根本。"过珙的此段评论,正道出此文结构特点。"八股文"是明清时期的产物,科举考试的应用文体。但是,在韩愈所处的唐代,用这种两扇大门一样完全对称式的间架结构来写文章,应该是一种创新的方法。所以韩愈散文形式上多种多样,有继承有创新,这一点应表而出之。

择言解

火泄于密^①，而为用且大，能不违于道^②，可燔可炙^③，可熔可甄^④，以利乎生物；及其放而不禁^⑤，反为灾矣。水发于深，而为用且远，能不违于道，可浮可载，可饮可灌，以济乎生物；及其导而不防^⑥，反为患矣。言起于微，而为用且博，能不违于道，可化可令^⑦，可告可训，以推于生物，及其纵而不慎，反为祸矣。

火既我灾，有水而可伏其焰，能使不陷于灰烬矣。水既我患，有土而可遏其流，能使不仆于波涛矣。言既我祸，即无以掩其辞，能不罹于过者，亦鲜矣^⑧。所以知理者^⑨，又焉得不择其言欤？其为慎而甚于水火！

【注释】

①火泄于密：泄，散发。此句说火无处不入。

②能不违于道：道，指规律，事理。此句是说能不违背其规律。

③可燔（fán）可炙：燔，烧。炙，与"燔"义近。《诗经·小雅·楚茨》："执爨踖踖，为俎孔硕，或燔或炙。"

④可熔可甄：熔，熔炼。甄，制作陶器的转轮，引申为锻炼成器。

⑤放而不禁：放纵而不加限制。

⑥导而不防：任其泛滥而不加防备。

⑦可化可令：可以教化和发号施令。

⑧罹（lí）：遭遇。鲜（xiǎn）：少。

⑨知理者：通达事理的人。

【赏读】

韩愈文章题目中带有"解"字的共三篇，即《进学解》《获麟解》和本篇。解，辩解、论说、解释的意思，如"传道、受业、解惑"的解，后来成为一种文体的名称。可能最早源于扬雄《解嘲》。

择言，也就是慎言。《论语》中就有"敏于事而慎于言""言不可不慎也"之论，此文的主旨也是讲慎言，但它不像《论语》那样浑金璞玉式的说教，而是以火、水为喻，进而说理。火水可以利乎生物，一旦为患尚可防范和扑救；而言之为祸，则"无以掩其辞"而"甚于水火"。这段文字也正是对"一言可以兴邦，一言可以丧邦”的诠释。

　　此文文字洗练，不蔓不枝，茅坤评此文时说"其思深，其调逸"。文中比喻十分贴切，鞭辟入里地深化了主题，比较典型地脱化《孟子》而来。

获麟解

麟之为灵昭昭也。咏于《诗》[①]，书于《春秋》[②]，杂出于传记百家之书[③]。虽妇人小子皆知其为祥也[④]。

然麟之为物，不畜于家，不恒有于天下。其为形也不类[⑤]，非若马牛犬豕豺狼麋鹿然。然则虽有麟，不可知其为麟也。

角者吾知其为牛，鬣者吾知其为马[⑥]，犬豕豺狼麋鹿，吾知其为犬豕豺狼麋鹿；惟麟也不可知。不可知，则其谓之不祥也亦宜。虽然，麟之出，必有圣人在乎位[⑦]，麟为圣人出也。圣人者必知麟，麟之果不为不祥也。

又曰：麟之所以为麟者，以德不以形[⑧]。若麟之出不待圣人，则谓之不祥也亦宜[⑨]。

【注释】

①咏于《诗》：《诗经·周南》中有《麟之趾》篇。

②书于《春秋》：《春秋·哀公十四年》："十有四年

春，西狩获麟。"孔子修《春秋》，绝笔于哀公十四年"西狩获麟"事。

③杂出于传记百家之书：传记百家，指史传及诸子之书。《吕氏春秋》《孟子》《史记》《汉书》等书中都有关于麟的记载。

④虽妇人小子皆知其为祥：《公羊传·哀公十四年》："麟者，仁兽也。"《礼记·礼运》："麟、凤、龟、龙，谓之四灵。"

⑤其为形也不类：类，相似。此句是说，麟的形象无法比拟形容。《尔雅·释兽》："麟，麋身，牛尾，一角。"

⑥鬣（liè）：马颈上的长毛。

⑦麟之出，必有圣人在乎位：古人认为麟的出现是太平盛世，必有圣主。杜预的《左传》注说："麟者，仁兽也。圣王之嘉瑞。"《公羊传·哀公十四年》："麟者，仁兽也。有王者则至，无王者则不至。"

⑧以德不以形：说麟是凭借内在的德，而不是由于其外形的奇异。

⑨"若麟之出不待圣人"二句：古人认为麟不待时而出，是不祥的征兆。《孔丛子》记载西狩获麟一事说："子曰：'天子布德，将致太平，则麟凤龟龙先为之祥。今宗周将灭，天下无主，孰为来哉！'遂泣曰：'予之于

人，犹麟之于兽也，麟出而死，吾道穷矣。'乃歌曰：
'唐虞世兮麟凤游，今非其时吾何求？麟兮麟兮我
心忧。'"

【赏读】

麟是古代传说中的神兽、仁兽，是一种吉祥瑞应之
物，只有在太平盛世才会出现。但是，如果它出现在乱
世，则被认作不祥之兆。孔子修《春秋》，记事止于鲁哀
公十四年"西狩获麟"一句。他认为当时周朝礼崩乐坏，
而此兽出现是不祥之兆，预感自己理想破灭，感叹说
"吾道穷矣"，于是绝笔于此。

本文的主旨是韩愈以麟自况，来抒发自己生不逢时
的感慨，与《杂说（四）》用意略同。林纾《韩柳文研
究法》中说："《说马》及《获麟解》，皆韩子自方之辞
也。'说马'语壮，言外尚有希求；'解麟'词悲，心中
别无余望。两篇均重在'知'字，篇幅短而伸缩蓄泄，
实具长篇之势。"尤其是围绕"祥"与"不祥"一正一
反的反复辩论，曲折而开拓，变化不穷，极尽擒纵之妙。
宋代谢枋得《文章轨范》讲："此篇仅一百八十余字，有
许多转换，往复变化，议论不穷，第一段说麟为灵物，
'虽妇人小子皆知其为祥'。第二转说虽有麟，不知其为
麟。第三转说马、牛、犬、豕、豺、狼、麋鹿吾皆知之，

惟麟不可知。第四转说麟既'不可知,则其谓之不祥也亦宜'。第五转说麟为圣人而出,'圣人者,必知麟',既有圣人知之,则麟'果不为不祥也'。第六转说'麟之所以为麟者',以其为仁兽为灵物,不必论其形。第七转说'若麟之出不待圣人'在位之时,则人'谓之不祥也亦宜'。能熟读此等文字,笔便圆活,便能生议论。"

另外,方崧卿《韩集举正》:"李(汉)本题云:'元和七年,麟见东川。疑公因此而作。'然李翱尝书此文以赠陆傪,傪死于贞元十八年,则此文非元和间作也。"何焯《义门读书记》:"此文自宋以后皆极称之,李习之(翱)亦书一通与人,极为叹佳。"

卷二 师友风谊

投竿而渔，
陶然以乐，
若能遗外声利，
而不厌乎贫贱也。

赠张童子序

天下之以明二经举于礼部者①，岁至三千人。始自县考试，定其可举者，然后升于州若府②；其不能中科者③，不与是数焉。州若府总其属之所升，又考试之如县，加察详焉④，定其可举者，然后贡于天子，而升之有司，其不能中科者，不与是数焉，谓之乡贡⑤。有司者，总州府之所升而考试之，加察详焉，第其可进者⑥，以名上于天子而藏之，属之吏部⑦，岁不及二百人，谓之出身⑧。能在是选者，厥惟艰哉⑨！

二经章句⑩，仅数十万言⑪，其传注在外⑫，皆诵之，又约知其大说⑬。缫是举者，或远至十余年，然后与乎三千之数，而升于礼部矣。又或远至十余年，然后与乎二百之数，而进于吏部矣。斑白之老半焉，昏塞不能及者，皆不在是限。有终身不得与者焉。

张童子生九年，自州县达礼部，一举而进立于二百之列⑭。又二年，益通二经，有司复上其事，缫是拜卫兵曹之命⑮。人皆谓童子耳目明达，神气以灵；余亦伟童子之独出于等夷也⑯。童子请于其官之长，随父而宁母⑰。岁八月，自京师道陕⑱，南至虢⑲，东及洛师⑳，北过大河之阳㉑，九月始来及郑㉒。自朝之闻人㉓，以及五都之伯长群吏㉔，皆厚其饩赂㉕，或作歌诗以嘉童子，童子亦荣矣！

虽然，愈将进童子于道㉖，使人谓童子求益者，非欲速成者㉗。夫少之与长也异观㉘，少之时，人惟童子之异㉙，及其长也，将责成人之礼焉。成人之礼，非尽于童子所能而已也。然则，童子宜暂息乎其已学者，而勤乎其未学者可也㉚。愈与童子，俱陆公之门人也㉛，慕回、路二子之相请赠与处也㉜，故有以赠童子。

【注释】

①明：通晓。二经：指五经《诗》《书》《易》《礼》《春秋》中的两种。唐代科举主要有进士、明经二科，明经科重在经术。举：选送。礼部：掌管科举取士的中央行政机构。

②州若府：唐代全国分为三百多州，其中大州设有都督府或都护府，所以称为府。若，或者。

③中科：考试通过。

④加察详焉：再一步考察。因科举取士除了考试有

关科目, 还要考察其门第出身、生平履历等情况。

⑤乡贡: 经过地方考试合格后推选参加中央考试, 称为"乡贡"。被选送者, 称为"举人"。

⑥第: 次第, 等级。

⑦属之吏部: 属, 隶属。吏部, 掌握任免、升降、考核官吏的中央行政机构。

⑧出身: 唐代科举, 礼部考试通过者, 称之"及第", 及第进士再由吏部考试, 通过者称为"出身"。

⑨"能在是选者"二句: 是选, 指取得进士出身这一资格。厥, 代词, 其。这两句意思是说能够取得这一资格, 那真是十分艰难啊!

⑩章句: 文章的章节和句读。

⑪仅: 将近。

⑫传注: 解释经义的文字。相承师说为"传", 本人的见解为"注"。

⑬大说: 主旨, 大意。

⑭一举而进立于二百之列: 一举, 一下子。此句说张童子一举而通过了礼部考试。

⑮拜卫兵曹之命: 拜, 古代授官叫"拜"。卫兵曹, 官职名。

⑯伟童子: 认为张童子确实很优异杰出。伟, 杰出特异, 在此用作动词。独出于等夷: 在他同龄人中是很

突出的。等夷，同辈。

⑰宁母：回家探望母亲。

⑱自京师道陕：自京城取道陕州。陕州，今河南三门峡市陕州区。

⑲虢：虢州，辖豫西一带（今三门峡及以南），治所在今河南灵宝。

⑳洛师：洛阳，因洛阳为著名古都，唐时又以洛阳为东都，故称"洛师"。

㉑大河之阳：黄河北岸。大河，指黄河。河之北为阳。

㉒郑：郑县，今河南郑州。

㉓朝之闻人：朝中达官贵人。闻人，知名人物。

㉔五都：指雍州、陕州、虢州、蒲州、洛阳。伯长：长官。群吏：一般官员。

㉕厚其饩（xì）赂：赠送很多食品和钱财。厚，厚重，言其多。

㉖进童子于道：进，犹进言，含有劝诫之意。道，事理。

㉗"使人谓童子求益者"二句：谓，认为。求益者，求上进的人。欲速成者，想走捷径的人。语出《论语·宪问》："阙党童子将命。或问之曰：'益者与？'子曰：'吾见其居于位也，见其与先生并行也。非求益者也，欲速成者也。'"（《论语》这段文字大意是：阙党的一个

童子，孔子让他传宾主之言。有人问孔子说："这小孩子是肯求上进的人吗？"孔子回答说："我看他大模大样地坐在位上，又看见他与长辈并肩而行。这不是一个肯求上进的人，只是一个想走捷径的人。"）

㉘异观：不同样看待。

㉙人惟童子之异：人们仅仅看重他超出常人的一面。

㉚"童子宜暂息乎其已学者"二句：暂息，暂时停止。已学者，指已学或掌握的知识。勤，努力学习。未学者，指还没有学习或掌握的知识。即成人之礼法。这两句是告诫张童子可以暂时放一放已学的知识而多学习学习成人的礼法。

㉛俱陆公之门人：陆公，指陆贽，字敬舆，官至中书侍郎、门下同平章事。韩愈于贞元八年（792）中进士，陆贽为当时礼部主考官。张童子也是贞元八年中童子科，同出于陆贽门下。门人，学生。此句是韩愈谦虚的说法，又含有对张童子的勉励。

㉜"慕回、路"一句：慕，仰慕。回、路，指孔子学生颜回和子路。请赠与处，语出《礼记·檀弓下》："子路去鲁。谓颜渊曰：'何以赠我？'曰：'吾闻之也，去国，则哭于墓而后行；反其国不哭，展墓而入。'谓子路曰：'何以处我？'子路曰：'吾闻之也，过墓则式，过祀则下。'"赠，赠言。处，对待。此句意思是，我很仰

慕颜回、子路临别时相互赠言勉励。

【赏读】

张童子，失其名，童子，是对未成年的人称呼。唐代设有童子科，述"童子科"此文最为详备。张童子是贞元八年(792)考中童子科，两年后又被任为卫兵曹。可能就是当年的"天才少年"，少年成名，如缺乏后天的培养和教育，往往多夭折，如王安石《伤仲永》中的方仲永。至于张童子后来如何，不可考。但韩愈对张童子的担心在文章中是显而易见的。张童子既然考中了童子科，当然应该嘉奖和勉励，所以韩愈在此文中对张童子既有褒奖又有劝勉和告诫。由于韩愈与张童子年龄差距较大，所以行文温厚委婉、含蓄周到，语气中肯，词句妥帖，表现了韩愈对年轻人一贯关怀和爱护的精神，同时也可看到韩愈古道热肠、诚以待人的性格。

文章开头一大段文字，具体生动地讲述科举情况，井然有序，十分可贵。韩愈贞元八年中进士，当时主考官是陆贽，张童子也是同年考中童子科，也出自主考官陆贽门下。但是二人年龄差距很大，韩愈不以长者自居，不自以为贤，而自称"愈与童子，俱陆公之门人也"。勉励后学同《师说》一文相仿佛，可为榜样。曾国藩《求阙斋读书录》说："前半志选举，疏健；后半勖童子，简宕。"其实，只是叙述科举常事，而且有起伏顿挫，正是此文的妙处。

送李愿归盘谷序

太行之阳有盘谷①，盘谷之间，泉甘而土肥，草木丛茂，居民鲜少。或曰："谓其环两山之间，故曰盘。"或曰："是谷也，宅幽而势阻②，隐者之所盘旋③。"友人李愿居之。

愿之言曰："人之称大丈夫者④，我知之矣：利泽施于人，名声昭于时，坐于庙朝⑤，进退百官，而佐天子出令。其在外，则树旗旄⑥，罗弓矢⑦，武夫前呵，从者塞途，供给之人各执其物，夹道而疾驰。喜有赏，怒有刑⑧；才畯满前⑨，道古今而誉盛德，入耳而不烦。曲眉丰颊⑩，清声而便体，秀外而惠中，飘轻裾，翳长袖⑪，粉白黛绿者⑫，列屋而闲居，妒宠而负恃⑬，争妍而取怜⑭。大丈夫之遇知于天子，用力于当世者之所为也。

"吾非恶此而逃之，是有命焉，不可幸而致也。穷居而野处，升高而望远，坐茂树以终日，濯清泉以自洁。采于山，美可茹；钓于水，鲜可食⑮。起居无时，惟适之安⑯。与其有誉于前，孰若无毁于其后；与其有乐于身，孰若无忧于其心。车服不维，刀锯不加⑰，理乱不知，黜陟不闻⑱。大丈夫不遇于时者之所为也，我则行之。

"伺候于公卿之门，奔走于形势之途⑲，足将进而趑趄⑳，口将言而嗫嚅㉑。处秽污而不羞，触刑辟而诛戮㉒，徼幸于万一㉓，老死而后止者，其于为人贤不肖何如也㉔！"

昌黎韩愈闻其言而壮之，与之酒而为之歌曰：

盘之中，维子之宫。盘之土，可以稼。盘之泉，可濯可沿㉕。盘之阻，谁争子所㉖！窈而深，廓其有容㉗，缭而曲，如往而复㉘。嗟盘之乐兮，乐且无殃㉙，虎豹远迹兮，蛟龙遁藏，鬼神守护兮，呵禁不祥㉚。饮则食兮寿而康，无不足兮奚所望㉛？膏吾车兮秣吾马㉜，从子于盘兮，终吾生以徜徉㉝。

【注释】

①太行：太行山，在山西高原和河南、河北平原之间。阳：山的南面为阳。盘谷：山谷名，在今河南省济源市。

②宅：指居住的环境。幽：僻远。势：地势，指出入的路径。阻：险隘难行。

③盘旋：同"盘桓"，逗留，流连。

④大丈夫：本指志气高尚、才能过人之士，这里意含讥讽，指那些专横跋扈的权贵。

⑤坐于庙朝：庙朝，宗庙和朝廷是朝廷祭祀和议事的地方。坐于庙朝，指参与国家政事、手中有权的人。

⑥树旗旄：树，树立。旄，旗杆饰有牦牛尾的旗帜，是一种权势的象征。

⑦罗：排列，摆列。弓矢：弓箭，在此代指仪仗队。

⑧喜有赏，怒有刑：语出《左传·昭公二十五年》："喜有施舍，怒有战斗。"此句指有权有势者，随自己的喜怒，滥用权势。

⑨才畯：畯，通"俊"。在此指权贵身边的一些幕僚。

⑩曲眉丰颊：弯曲的双眉和丰满的面颊。

⑪飘轻裾，翳长袖：裾，裙子的前后襟。翳，通"曳"，拖曳。曹植《美女篇》："罗衣何飘飘，轻裾随风还。"《洛神赋》："扬轻袿之猗靡兮，翳修袖以延伫。"翳和飘，在这里都有舞的意思。

⑫粉白黛绿：黛，古代妇女画眉的颜料。此四字形容女子打扮得冶艳。

⑬负恃：负其所恃。恃，这里指其美色和技艺。

⑭争妍而取怜：争美斗艳以讨主人的宠爱。

⑮"采于山，美可茹"四句：茹，吃。采摘的野菜山果可以充饥，钓上来的鱼蟹更是美味。

⑯"起居无时"二句：起居，作息。适，舒服。此二句是说，起居没有固定时间，怎样舒服就怎样。

⑰车服：古代依据官职高低车服有所不同。《尚书·舜典》中说："明试以功，车服以庸。"注："功成则赐车服以表显其能用。"维：绳子，引申为羁绊。刀锯：刑具，代指刑罚。刀锯不加是说免予杀戮。

⑱黜陟（chù zhì）：官职的贬退升迁。

⑲形势之途：指权贵人家。形势，有地位，有权势。

⑳赵趄（zī jū）：形容欲进又不敢进的样子。

㉑嗫嚅（niè rú）：形容想说又不敢说出口的样子。

㉒刑辟：刑法，辟法。诛戮：诛杀。

㉓徼幸：侥幸，非分之幸，躲过诛戮。

㉔其于为人贤不肖何如也：不肖，不贤。此句意思是二者相比，贤与不贤自有分晓。《崇古文诀》评："一节是形容得意人，一节是形容闲居，一节是形容奔走伺候人，却结在'人贤不肖何如也'一句上。"

㉕可濯可沿：濯，洗。沿，顺着水边散步。沿与上文"泉"叶韵。

㉖所（shǔ）：处所。与"阻"叶韵。

㉗廓其有容：空旷而有所涵容。

㉘如往而复：指山路迂回，像走了过去而又绕了回来。

㉙无殃：无灾无祸。一作"无央"，无尽。

㉚呵禁不祥：吆喝并驱走灾难。

㉛奚所望：奚，何。还有什么奢望呢？

㉜膏吾车兮秣吾马：膏，油，作动词用。秣，草料，在此用作动词。此句意思是：给我车子加上油，喂饱我的马。

㉝徜徉：徘徊，盘旋。意思是说，自由自在来往不拘。

【赏读】

李愿是韩愈的朋友，旧注多以李愿为西平王李晟之子，清人陈景云《韩集点勘》中说，此文作于贞元十七年（801，当时韩愈三十四岁），当时李晟之子李愿正做宿卫将，没有退隐之事。可见韩愈这里所说的"友人李愿"是另外一个。李愿，号盘谷子，生平不详。唐人《跋〈盘谷序〉后》载："陇西李愿，隐者也，不干誉以求达，每韬光而自晦。……昌黎韩愈，知名之士，高愿之贤，故序而送之。"韩愈诗集中还有《卢郎中云大夫寄示送盘谷子诗两章歌以和之》。

李愿求仕不得，目睹了当时长安豪门权贵的专横与荒淫，以及趋炎附势之徒的种种丑态，决意隐归盘谷，韩愈乃作此"序"壮其行色。本文借李愿之口，歌颂隐者僻居山林之乐，又无情鞭挞了豪门权贵的专横跋扈荒淫腐朽，辛辣讽刺了那些"伺候""奔走"于豪门的势利之徒。无论是骄横的权贵，还是龌龊卑劣的小人，其丑陋面目，刻画得入木三分，从而对比隐居山林的李愿，则自有分晓。正如清人刘大櫆所讲"极力形容得志之小人与不得志之小人，而隐居之高尚乃见"。

大家都知道韩愈是唐朝"古文运动"的领导者，"古文运动"旨在提倡秦汉古文。但是韩愈只在《答李翊书》中说"非三代两汉之书不敢观"，遍览韩愈文集，没有正面或直接反对骈体文的言论和文字。恰恰相反，韩愈不仅是写古文的巨匠，写骈体文照样是高手，否则也写不出《送李愿归盘谷序》这样寓骈入散的文章。

古代朋友分别时相送，常赋诗以赠，诗前有一段引文，说明分别赋诗的缘由，这段引文，便称为"序"，后来将序独立出来，成为一种文体。本篇有诗有序，文章最后"歌曰"以下是诗，是完整送别赠诗序的形成。

此文熔《诗》、《骚》、赋及骈体文于一炉，兼取偶俪之体而又非偶俪之文，从中不难看出韩愈继承汉魏六朝赋体的优秀一面，而又下开唐宋古文赋的先河。苏轼高度赞叹此文说："欧阳文忠公谓：'晋无文章，惟陶渊明《归去来》一篇而已。'余亦谓：'唐无文章，惟韩退之《送李愿归盘谷》一篇而已。'"

送孟东野序

大凡物不得其平则鸣①。草木之无声，风挠之鸣②；水之无声，风荡之鸣。其跃也或激之③，其趋也或梗之④，其沸也或炙之⑤；金石之无声，或击之鸣。人之于言也亦然：有不得已者而后言，其歌也有思⑥，其哭也有怀⑦，凡出乎口而为声者，其皆有弗平者乎！乐也者，郁于中而泄于外者也；择其善鸣者而假之鸣：金、石、丝、竹、匏、土、革、木八者⑧，物之善鸣者也。维天之于时也亦然，择其善鸣者而假之鸣；是故以鸟鸣春，以雷鸣夏，以虫鸣秋，以风鸣冬，四时之相推敚⑨，其必有不得其平者乎！

其于人也亦然：人声之精者为言，文辞之于言，又其精也，尤择其善鸣者而假之鸣。其在唐、虞，咎陶、禹其善鸣者也⑩，而假以鸣。夔弗能以文辞鸣，又自假于《韶》以鸣⑪。夏之时，五子以其歌鸣⑫。伊尹鸣殷，周公鸣周⑬。凡载于《诗》《书》六艺⑭，皆鸣之善者也。周之衰，孔子之徒鸣之，其声大而远⑮。传曰："天将以夫子为木铎⑯。"其弗信矣乎！其末也，庄周以其荒唐之辞鸣⑰。楚大国也，其亡也，以屈原鸣⑱。臧孙辰、孟轲、荀卿，以道鸣者也⑲。杨朱、墨翟、管夷吾、晏婴、老聃、申不害、韩非、慎到、田骈、邹衍、尸佼、孙武、张仪、苏秦之属⑳，皆以其术鸣。秦之兴，李斯鸣之㉑。汉之时，司马迁、相如、扬雄最其善鸣者也㉒。其下魏、晋氏，鸣者不及于古，然亦未尝绝也；就其善者，其声清以浮㉓，其节数以急㉔，其辞淫以哀㉕，其志弛以肆㉖，其为言也，乱杂而无章。将天丑其德莫之顾邪㉗？何为乎不鸣其善鸣者也？

唐之有天下，陈子昂、苏源明、元结、李白、杜甫、李观皆以其所能鸣㉘。其存而在下者，孟郊东野始以其诗鸣；其高出魏、晋，不懈而及于古㉙，其他浸淫乎汉氏矣㉚。从吾游者，李翱、张籍其尤也㉛，三子者之鸣信善矣，抑不知天将和其声而使鸣国家之盛邪？抑将穷饿其身，思愁其心肠而使自鸣其不幸邪？三子者之命，则悬乎天矣。其在上也奚以喜，其在下也奚以悲㉜！东野之役于江南也㉝，有若不释然者㉞，故吾道其命于天者以解之㉟。

【注释】

①大凡物不得其平则鸣：大凡，大概。物，指世上

的万物。不平，不公平、不公正。全句是说：凡是世上的事物不公平就要发泄而呐喊。

②挠：扰动。下文中的"风荡之鸣"的"荡"与"挠"意近，指振荡。

③其跃也或激之：跃，指水飞溅。激，搏激。此句似化用《孟子·告子上》："今夫水，搏而跃之，可使过额；激而行之，可使在山。"

④趋：指水流得很快。梗：阻遏。

⑤沸：沸腾。炙：烧，用火加热。

⑥思：此指情感。

⑦怀：哀伤。

⑧金、石、丝、竹、匏（páo）、土、革、木：我国古代八种乐器。《周礼·春官·大师》郑玄注："金，钟镈也；石，磬也；土，埙也；革，鼓鼗也；丝，琴瑟也；木，柷敔也；匏，笙也；竹，管箫也。"

⑨推敓：敓，同"夺"。推移、更替。

⑩"其在唐、虞"二句：唐，帝尧的国号。虞，帝舜的国号。咎陶，也作皋陶或咎繇，尧舜时的法官。禹，曾治洪水有功，舜让位于他。《尚书》中有《皋陶谟》，伪《古文尚书》中有《大禹谟》，分别记载他们的言论。

⑪"夔（kuí）弗能以文辞鸣"二句：夔，人名，《尚书·舜典》中说夔是舜时的乐官，相传舜时的乐曲

《韶》是他所制。此句意思是：夔不能以文辞来鸣，他就借助《韶》乐来表达。

⑫夏之时，五子以其歌鸣：夏后帝启死了之后，他的儿子太康继承王位，太康整日沉于游乐，不理民事，他的五个弟弟很怨恨，作《五子之歌》以陈述大禹的警戒。事见《尚书·夏书》和《史记·夏本纪》。《尚书》中有《五子之歌》，是后人伪托。一说：五子指启的少子武观。

⑬伊尹鸣殷，周公鸣周：伊尹，名挚，他是商汤的宰相，助汤伐桀、灭夏，平定天下。《尚书》中《咸有一德》《伊训》《太甲》诸篇，传为他的著作。周公，姓姬名旦，周武王姬发的弟弟，曾佐武王伐纣灭商，建立周朝。后又辅佐成王。《尚书》中《金縢》《大诰》《无逸》《君奭》《立政》等是他所著，相传《周礼》《仪礼》也经他手所定。

⑭《诗》《书》六艺：《诗》指《诗经》。《书》指《尚书》。六艺，指《诗》《书》《礼》《易》《乐》《春秋》。特别将《诗》《书》举出，以表示此二书在六艺中尤为重要。

⑮"孔子之徒鸣之"二句：孔子，儒家学派的创始人，曾删《诗》《书》，定礼、乐，修《春秋》。他的言论见于他的弟子及再传弟子所记录的《论语》一书。其

声大而远，指影响大，流传远。

⑯传曰"天将以夫子为木铎"：传，指《论语》。《论语·八佾》载仪封人称赞孔子："天下之无道也久矣，天将以夫子为木铎。"木铎，与今天的铃铛相似，由金属制成，中有木舌，古代统治者施政教时振木铎以唤百姓注意。此句的意思是天将使孔子制礼法以教化百姓。

⑰庄周以其荒唐之辞鸣：庄周，字子休，战国时期宋国人，道家学派的代表人物，有《庄子》一书。荒唐之辞，是庄周自己的话，见《庄子·天下》篇，广大无边的意思，这里指《庄子》为文汪洋恣肆，旨趣深奥。

⑱以屈原鸣：屈原，名平，战国时楚国的贵族，是我国最早的诗人。在楚怀王、顷襄王时，曾参与国家大事，做了左徒，后几遭谗言而被放逐，流浪了十年左右，因不忍看到祖国灭亡，投汨罗江自尽。著有《离骚》《天问》《九歌》等二十五篇光辉的诗篇。

⑲臧孙辰：即臧文仲（"文"是死后的谥），春秋时鲁大夫。《左传·襄公二十四年》穆叔曰："鲁有先大夫曰臧文仲，既没，其言立。"他的言论见于《国语·鲁语》及《左传》。孟轲：字子舆，孔子之后的儒家主要代表人物，其言论主要见于《孟子》。荀卿：名况，战国末赵国人，其言论见《荀子》一书。以道鸣者：韩愈认为的"道"是指儒家的思想学说，其他诸家之说为"术"，

是一家之言，所以下文有"以术鸣"。

　　⑳杨朱：战国时魏国人，主张"为我"学说，著述不传，其说散见于其他诸子之书中。墨翟（dí）：春秋战国之际鲁国人，墨家学说的创始人，有《墨子》一书。管夷吾：字仲，春秋时齐桓公的卿，助齐桓公称霸，有《管子》一书。晏婴：字平仲，春秋时齐景公的上大夫，后人辑其言论有《晏子春秋》。老聃（dān）：姓李名耳，字伯阳，道家学派的创始人，有《老子》（又称《道德经》）一书。申不害：战国时郑国人，韩昭侯的相，有《申子》一书，今佚，《汉书·艺文志》中有《申子》六篇。韩非：战国时韩国人，荀子的学生，法家思想的集大成者，有《韩非子》一书。慎到：战国时赵国人，学黄老道德之术，著《慎子》一书，已佚，清人严可均有辑本。田骈（pián）：亦名陈骈，战国时齐国人，齐宣王时为上大夫，道家，有《田子》一书，也是清人所辑。邹衍：又作驺衍，战国时齐国人，阴阳五行学派的代表人物。《汉书·艺文志》中著录有《邹子》四十九篇、《邹子终始》五十六篇。尸佼（jiǎo）：战国时鲁人，杂家，曾为秦相商鞅的老师，《汉书·艺文志》著录有《尸子》一书。孙武：战国时齐国人，著名的军事家，有《孙子》一书。张仪：战国时魏国人，纵横家，后任秦惠王的相，游说六国，主张连横，以破苏秦的合纵。苏秦：

字季子，战国时纵横家，曾挂六国相印，主张合纵抗秦，使秦国十五年不敢攻打六国。

㉑李斯：战国末年楚国上蔡（今驻马店上蔡）人，荀子的学生，后为秦始皇、秦二世时丞相，在秦统一全国建立中央集权统治过程中，起了很大作用，尤其对统一文字有着卓越贡献，后遭赵高所忌，被诬谋反，被腰斩。

㉒司马迁：字子长，伟大的史学家，著有我国第一部纪传体的史书《史记》。相如：司马相如，字长卿，西汉时著名的辞赋家，有《上林赋》《子虚赋》。扬雄：字子云，西汉著名辞赋家，汉代儒家代表人物，有《太玄》《法言》《方言》等著作。

㉓其声清以浮：指其声清而轻。

㉔节：节奏、节拍。数：频繁。急：急促。

㉕淫：过分、过度或靡丽。哀：伤。

㉖弛以肆：松懈而纵恣。

㉗将天丑其德莫之顾：将，大概。丑，用作动词，憎恶。德，德政。莫之顾，不顾惜他们。此句与下句的意思是，大概上天憎恶他们的德政卑下而不顾惜他们吧？不然的话，为什么不使那些善鸣者来鸣呢？

㉘陈子昂：字伯玉，初唐改革文风倡导者之一，《新唐书·陈子昂传》："唐兴，文章承徐、庾余风，天下祖尚，子昂始变雅正。"韩愈的《荐士》诗也称赞他说：

"国朝盛文章，子昂始高蹈。"有《陈伯玉集》。苏源明：字弱夫，《新唐书·艺文志》中载有《苏源明前集》三十卷，今佚，仅存文五篇、诗二首，唐肃宗时为知制诰，数陈时政得失。与杜甫、元结友善。元结：字次山，曾参加抗击史思明叛军，立有战功。有《元次山集》，并编选《箧中集》。李白：字太白，唐朝的伟大诗人，有《李太白集》。杜甫：字子美，唐朝的伟大诗人，与李白合称"李杜"，有《杜工部集》。李观：字元宾，唐代文学家，他是著名的文学家李华的侄子，与韩愈同榜进士。有《李元宾集》。

㉙不懈而及于古：不懈努力就可以追及古人。

㉚浸淫：渐渐沁入。汉氏：指汉朝。

㉛李翱：字习之，唐代文学家，有《李文公集》。张籍：字文昌，唐代著名的诗人，曾官至水部员外郎、国子监司业，有《张司业集》。他们二人曾从韩愈学习古文。尤：特殊，杰出。

㉜在上、在下：指官职大小，地位高低。奚：何。

㉝役：这里指供职。孟东野就任溧阳尉，溧阳在唐时属江南道，所以说"役于江南"。

㉞释然：舒畅。若不释然，心中好像郁郁不乐的样子。

㉟其命于天者：其命运取决于天意。解：宽解、安慰。

【赏读】

　　此文是韩愈送孟东野赴溧阳任县尉时所写的序文。孟东野即孟郊。孟东野一生贫困潦倒，怀才不遇，近五十岁时才做了溧阳县尉，韩愈很同情他，所以写此篇序文替他抒发了内心抑郁并愤愤不平之情，同时也寄寓了自己不得志的感慨。韩、孟二人相知甚笃，韩愈还有《与孟东野书》《贞曜先生墓志铭》，都是至真至诚之文。韩愈还有一首五古《荐士》，向当时宰相郑余庆推荐孟郊。因二人诗歌风格相近，常被后人称为"韩孟"。宋梅尧臣有诗句"韩孟于文词，两雄力相当"。

　　全文笔意恣肆，句法多变，以一"鸣"字贯穿全文。茅坤《唐宋八大家文钞》讲："一'鸣'字成文，乃独倡机轴，命世笔力也。"此文对后世影响很大，以至"不平则鸣"成为对不公平的事表示愤慨的成语。文章虽然是替孟郊鸣不平，但真正提到孟郊的地方，只有"始以其诗鸣"和"役于江南也"两句话。文中历数了十几位古人及当朝的陈子昂、李白、杜甫及其弟子李翱、张籍等，都是为写孟郊做的铺垫和陪衬。从描写自然界中的"以鸟鸣春，以雷鸣夏，以虫鸣秋，以风鸣冬"等语，可见韩愈行文的纵横恣肆，想象丰富，这些描写使文章活泼生鲜。宋代谢枋得《文章轨范》讲："此篇凡六百二十余字，'鸣'字四十，读者不觉其繁，何也？句法变化，凡二十九样，有顿挫、有升降、有起伏、有抑扬；如层峰叠峦、如惊涛怒浪，无一句怠慢，无一字尘埃，愈读愈可喜。"储欣《唐宋八大家类选》也指出此文特色"通篇数十'鸣'字，如回风舞雪。后人仿之，辄纤俗可憎，其灵蠢异也。"清代的刘大櫆更是盛赞此文"雄奇创阔，横绝古今"。

赠崔复州序

有地数百里，趋走之吏^①，自长史、司马已下数十人^②，其禄足以仁其三族及其朋友故旧^③。乐乎心，则一境之人喜；不乐乎心，则一境之人惧^④。丈夫官至刺史亦荣矣。

虽然，幽远之小民^⑤，其足迹未尝至城邑，苟有不得其所^⑥，能自直于乡里之吏者鲜矣^⑦，况能自辨于县吏乎？能自辨于县吏者鲜矣，况能自辨于刺史之庭乎？由是刺史有所不闻，小民有所不宣^⑧。赋有常而民产无恒^⑨，水旱疠疫之不期^⑩，民之丰约悬于州^⑪，县令不以言，连帅不以信^⑫，民就穷而敛愈急，吾见刺史之难为也。

崔君为复州^⑬，其连帅则于公^⑭。崔君之仁，足以苏复人^⑮，于公之贤足以庸崔君^⑯。有刺史之荣，而无其难为者，将在于此乎！愈尝辱于公之知^⑰，而旧游于崔君，庆复人之将蒙其休泽也^⑱，于是乎言。

【注释】

①趋走之吏：指听任驱使奔走的属官和衙役。

②长史：管理文书之事的官员。司马：管理军政方面的官员。长史、司马之下还有别驾、司功、司兵、参军、录事等数十人之众。

③仁：用作动词，恩泽。三族：指父族、母族、妻族。故旧：故交。

④"乐乎心"四句：此四句是说刺史权力很大，他要高兴，百姓还能安生；一旦他不高兴，百姓就要遭殃。

⑤幽远之小民：荒僻偏远地区的百姓。

⑥不得其所：没有得到应有的处所，此指遇到不公平的事。

⑦自直：自己申诉冤屈伸讨正理。

⑧不宣：不得吐诉、宣泄。

⑨赋有常而民产无恒：赋有常，指赋税有固定数额不容减缓。民产无恒，百姓的收入没有固定，指生活没有保障。《孟子·滕文公上》："民之为道也，有恒产者有恒心，无恒者无恒心。苟无恒心，放辟邪侈，无不为已。"

⑩水旱疠疫之不期：旱涝病疫不能预料，时而发生。疠疫，瘟疫。不期，不期而至。

⑪民之丰约悬于州：百姓的衣食充足或短缺取决于州里长官。丰约，指衣食的充足和缺乏。悬，牵系。

⑫"县令不以言"二句：此两句意思是说，各县的县令不将实际情况上报给刺史，而刺史的上司又不相信他的举措。连帅，古代十国为连，连有帅，唐代节度使管辖几个州，因此称之连帅。

⑬为复州：指任复州刺史。

⑭于公：于頔（dí），字允元，当时任山南东道节度使。《旧唐书》上说他"横暴已甚""公然聚敛"。

⑮苏：整顿治理之后，再获休养生息。

⑯庸：同"用"。

⑰愈尝辱于公之知：韩愈曾和于頔相识并有些来往。韩愈《送许郢州序》中说"愈尝以书自通于于公（于頔）"。辱，辱没，谦辞。

⑱休泽：恩泽。休，美好。

【赏读】

这篇赠序是写给复州（今湖北仙桃市）刺史崔君（其名字无考）的。本文着重说明官吏权重禄厚而小民投诉无门，以及"民就穷而敛愈急"的社会矛盾。文中所涉及的崔复州上司于公，是一个横征聚敛的暴吏，韩愈将对其劝诫、讽刺之意而寓于赞美言词之中。这样的文字很难落笔，韩愈避实就虚，迂回斡旋，感发了一套为官治民的道理，也反映了当时吏治的现实况状，对于所赠者有讽有劝，文章构思很巧妙，文笔也突显韩愈的写作技巧。从这个角度来看，本文恰似一篇政治讽刺小品。至于崔复州，韩愈是极力勉其勤政，"崔君之仁，足以苏复人"，而"民之丰约悬于州"。但对崔君也有担心，"县令不以言，连帅不以信"，"刺史之难为也"。文章最后，对崔君劝勉有加并冀其有所作为，"愈尝辱于公之知，而旧游于崔君，庆复人之将蒙其休泽也"，寄予希望，又收紧全文。

韩愈集中有《送许郢州序》篇，与此篇意思相近，对于顿有所讽谏，而此篇较《送许郢州序》更为含蓄。

送董邵南序

　　燕赵古称多感慨悲歌之士①。董生举进士，屡不得志于有司②，怀抱利器③，郁郁适兹土④，吾知其必有合也⑤。董生勉乎哉！

　　夫以子之不遇时，苟慕义强仁者⑥，皆爱惜焉，矧燕赵之士出乎其性者哉⑦！然吾尝闻风俗与化移易，吾恶知其今不异于古所云邪⑧？聊以吾子之行卜之也⑨。董生勉乎哉！

　　吾因子有所感矣！为我吊望诸君之墓⑩，而观于其市，复有昔时屠狗者乎⑪？为我谢曰⑫："明天子在上，可以出而仕矣⑬。"

【注释】

　　①燕赵：周朝时的两个诸侯国，燕国领地在今河北北部，赵国在今河北南部及山西、河南部分地区。在唐朝属河北道一带。感慨悲歌之士：指见义勇为的豪侠之士。

②屡不得志于有司：有司，指主管考试的官员。此句是说董邵南多次考取进士都没能考中。

③利器：本指锐利的兵器，此指杰出的才能。《三国志·魏书·陈思王植传》："植常自愤怨，抱利器而无所施。"

④郁郁：忧伤苦闷的样子。《史记·淮阴侯列传》："吾亦欲东耳，安能郁郁久居此乎？"适：到。兹土：指上文燕赵之地。

⑤有合：有所遇合。会被燕赵一带统治者赏识和重用。

⑥慕义强仁：仰慕正义，力行仁道。

⑦矧（shěn）：况且。

⑧恶（wū）知：怎么知道。此句意思是说燕赵古风恐怕也有所改变。

⑨聊：姑且。吾子：对对方的尊称，如同"您"。卜：本义是占卜，引申为估量、决疑。

⑩吊：凭吊。望诸君：即乐毅，战国时赵人，入燕为名将，曾为燕昭王破齐国七十余城。昭王去世，惠王即位，因中了齐国大将田单的反间计，不信任乐毅，乐毅怕加害于己，奔往赵国，赵王封他为"望诸君"。《战国策·燕策二》："赵封乐毅于观津，号望诸君。"望诸君墓在邯郸市西。

⑪屠狗者：《史记·刺客列传》："荆轲既至燕，爱燕之狗屠及善击筑者高渐离。荆轲嗜酒，日与狗屠及高渐离饮于燕市。"《史记》中没有说狗屠的姓名，在此泛指隐于市井中的豪侠之士。

⑫谢：致意，劝勉。

⑬明天子在上，可以出而仕矣：明天子，圣明的天子。清人方世举谓此文作于元和年间，那么，明天子指唐宪宗李纯。出而仕，出来做官。此两句表面上是请董邵南到河北一带后，来转告那些仁义之士出来做官效力朝廷，但另一面也含蓄地对董生进行劝阻。

【赏读】

董邵南是韩愈的朋友，董为寿州安丰（今安徽寿县）人，贫能读书，有孝行。他曾几次考进士都没能考中，于是想到当时军阀割据的河北三镇谋出路。韩愈认为董生此行非智举，但又出于对他的同情不便直说，所以此篇赠序写得十分隐晦曲折，表面上是"送"，其实意在"挽留"，清代过珙《古文评注》就指出："劝其往，又似劝其不必往；言必有合，又似恐其有合。语言一半是爱惜邵南，一半是不满藩镇。"尤其文章最后，两次用"为我"二字，是较隐约劝止董邵南，曲笔更觉有情，意味倍觉深长。前人多评此文"深微屈曲"也正缘于此。

此文虽只百余字，却曲折往复含蓄委婉，意在言外。历来人们对此文评价很高，如茅坤《唐宋八大家文钞》就认为"昌黎序文当属第一首"。过珙《古文评注》说"唐文唯韩奇，此又为韩中之奇"。其中的开阖、变化、含蓄、曲徐，最值得玩味，如第一句"感慨悲歌之士"，虽说是对燕赵一带侠义之士的豪迈表彰，但他们也是一群对社会不满的不得意之人。况且还是"古称"，今天"风俗与化移易"，恐怕还不如古之时的豪迈之士，所以说董生与他们还不是一路人，两次强调"董生勉乎哉"。

韩愈还有古风《嗟哉董生行》一诗，也是为董邵南而作，可以说此文是无韵之诗，而《嗟哉董生行》是有韵之文，二者参读更能体会韩愈为文、为诗的风格，同时也更能了解董邵南其人。

送区册序

阳山，天下之穷处也①。陆有丘陵之险、虎豹之虞②，江流悍急③，横波之石，廉利侔剑戟④。舟上下失势⑤，破碎沦溺者，往往有之。县郭无居民，官无丞尉⑥，夹江荒茅篁竹之间，小吏十余家，皆鸟言夷面⑦。始至，言语不通，画地为字，然后可告以出租赋、奉期约⑧。是以宾客游从之士，无所为而至。

愈待罪于斯⑨，且半岁矣。有区生者，誓言相好，自南海挐舟而来⑩，升自宾阶⑪，仪观甚伟⑫，坐与之语，文义卓然。庄周云："逃虚空者，闻人足音跫然而喜矣⑬。"况如斯人者，岂易得哉！入吾室，闻《诗》《书》仁义之说，欣然喜，若有志于其间也⑭。与之翳嘉林，坐石矶⑮，投竿而渔，陶然以乐，若能遗外声利⑯，而不厌乎贫贱也。岁之初吉⑰，归拜其亲，酒壶既倾，序以识别⑱。

【注释】

①阳山：县名，今广东清远阳山县。穷处：僻远之地。

②虎豹之虞：虞，忧患，危害。这里指人们担心猛兽的危害。

③悍急：凶猛湍急。

④廉利侔剑戟：廉利，锋利。侔，相等。剑戟，古代的兵器。此句是说，江里的石头有如锋利的兵刃。

⑤舟上下失势：船在急流中随之上下而失控。

⑥丞尉：丞，副县令。尉，负责治安的官吏。阳山县不置丞尉，可见其荒僻。

⑦鸟言夷面：鸟言，指语言难懂如同鸟鸣。夷面，指少数民族人民相貌和汉族人不同。带有贬义。

⑧奉期约：遵守赋税的期限和规约。

⑨愈待罪于斯：待罪，古代官员的谦语，表示自己随时会因失职获罪。韩愈是贞元十九年（803）冬贬连州阳山令，说“待罪于斯”就有双重意思在内。

⑩南海：南海县，唐时属广州。桨舟：撑船。桨，船桨，通“桡”，在此用作动词。

⑪升自宾阶：宾阶，西阶，古时宾主相见，宾自西阶上。升自宾阶，引以为宾客。

⑫仪观：仪表。

⑬"逃虚空者"二句：出自《庄子·徐无鬼》。意思是，逃到荒凉墓冢之地的人，因为许久未见过人，偶然听到人的脚步声也会十分高兴的。跫然，形容脚步声。

⑭若有志于其间：若，似乎。有志，有志趣。指对上文的《诗》《书》仁义之说感兴趣立志学习。

⑮翳：遮蔽。嘉林：美好的树林。坐石矶：坐在水岸边的石头上。

⑯遗外声利：遗，弃。声利，名利。此句是说，置名利于度外。

⑰岁之初吉：指农历正月初一。

⑱序以识（zhì）别：识，记。写此序以记离别之情。

【赏读】

这篇赠序是韩愈在贞元十九年（803）贬为阳山县令之后，写给一位向他求学的青年区册的。区册生平不详，韩愈有首七古《送区弘南归》，可能区弘即区册，与韩愈亦非故交，但区册能自南海挐舟不顾险阻荒凉来到穷乡，拜访贬官穷宦，已实属难得，还誓言相好，可见区册为上进之士。故而，韩愈笔下写他们的难忘相处，情景交融，韵味无穷。

韩愈为阳山令时，受到当地人民爱戴，《新唐书·韩愈传》说:"贬阳山令,有爱在民,民生子,多以其姓字之。"本文也可见韩愈对当地青年学子的劝勉奖励,尤为可贵的是用词恰如其分,不作溢美之词,林纾《韩柳文研究法》中就说:"区册平生无考,或海南一不知名之士,昌黎适贬阳山,空谷足音,不能不奖许之。奖诗书仁义之说,又许之能遗外声利,读者不能不疑其滥竽,宁知昌黎行文,固有分寸,未尝为逾量之言,但观两'若'字,便见文中大有活着:一曰'若有志于其间也',再曰'若能遗外声利,而不厌乎贫贱也'。'若'者,未定之词。盖身处烟瘴之区,与鸟言夷面之人为伍,一见斯文,自然称许过当,然仍节节有限制,此所以成大家之文。"

　　清代刘大櫆认为"昌黎阳山后文字,尤为高古简老"。本文开始一节刻画阳山之地险恶、荒凉、贫穷和落后,仅用了八十余字而境界全出,遣词造句上新奇洗练,历历如绘。从而营造了"阳山,天下之穷处"的环境,烘托凄怆的意境,更加表现出韩愈在寂寞无聊时,区册驾舟来访,誓言相好、可慰可喜之情。正如刘大櫆所称之"高古简老"。

《荆潭唱和诗》 序

从事有示愈以《荆潭酬唱诗》者①，愈既受以卒业②，因仰而言曰："夫和平之音淡薄③，而愁思之声要妙④；欢愉之辞难工⑤，而穷苦之言易好也⑥。是故文章之作，恒发于羁旅草野⑦；至若王公贵人气满志得，非性能而好之，则不暇以为。今仆射裴公⑧，开镇蛮荆，统郡惟九⑨；常侍杨公⑩，领湖之南，壤地二千里，德刑之政并勤⑪，爵禄之报两崇⑫。乃能存志乎诗书，寓辞乎咏歌，往复循环，有唱斯和，搜奇抉怪，雕镂文字⑬，与韦布里闾憔悴专一之士⑭，较其毫厘分寸，铿锵发金石，幽眇感鬼神⑮，信所谓材全而能巨者也。两府之从事与部属之吏属而和之，苟在编者咸可观也。宜乎施之乐章⑯，纪诸册书⑰。"

从事曰"子之言是也。"告于公，书以为《荆潭唱和诗序》。

【注释】

①从事：州郡长官的随从或幕僚。荆：荆南。裴均任荆南节度使。潭：湖南。杨凭任湖南观察使。

②卒业：指通读了全书。

③和平之音：指太平时期的风雅之作。淡薄：平淡浅薄。

④要妙：深刻精微。

⑤欢愉之辞：指欢娱之作。工，工整精巧。

⑥穷苦之言：指困顿清苦之作。欧阳修《梅圣俞诗集序》中所提出的"穷而后工"之说，恐源于此。

⑦羁旅：指旅居他乡之客。草野：指隐居山林之士。

⑧仆射（yè）裴公：仆射，官名，辅佐皇帝议决国政，相当于宰相职位。裴公，裴均，字君齐，任荆南节度使。裴均在元和年间曾为尚书右仆射。

⑨蛮荆：荆州经济文化落后，所以冠以蛮字。统郡惟九：统制九个郡。

⑩杨公：杨凭，字虚受，任湖南观察使。常侍：官名，掌管文书、诏令。

⑪德刑之政：德政与刑法。《论语·为政》："道之以政，齐之以刑，民免而无耻；道之以德，齐之以礼，有耻且格。"

⑫爵禄之报两崇：爵禄，官爵和俸禄。《庄子·田子方》："百里奚爵禄不入于心。"此句是说裴均和杨凭二人爵位很高，俸禄也很丰厚。

⑬"搜奇抉怪"二句：指作诗搜索奇字怪词，雕章琢句。

⑭韦布里闾憔悴专一之士：韦布，韦带布衣，指贫贱之人。里闾，里巷，此指平民百姓。此句是说那些贫寒而又专心诗文之士。

⑮幽眇：精微。

⑯施之乐章：谱上乐曲。

⑰纪诸册书：抄成书册。

【赏读】

《荆潭唱和诗》是当时荆南节度使裴均、湖南观察使杨凭及其属官、幕僚的诗歌唱和集。韩愈于永贞元年（805）任江陵法曹参军，隶属裴均。本文是为《荆潭唱和诗》写的序文，韩愈是裴均下属，为上级长官等人写诗作序，本身就难以措辞，推想裴均及其属官的唱和诗，不过尔尔，文中除了对上司一些虚与委蛇的赞颂之语，主要阐述了"和平之音淡薄，而愁思之声要妙；欢愉之辞难工，而穷苦之言易好"的见解。韩愈的这一见解与宋代欧阳修提出的"穷而后工"是一致的，只是语词表达的不同。很可能欧阳修的"穷而后工"理论是受到韩愈这句话启发而感悟的。序文中对上司的颂扬很有分寸，立论也很有见地。所以，清代张伯行《重订唐宋八大家文钞》中说："文章之妙，非公不能道之，行间墨里，亦具有铿锵金石之声。"

文章很短，但笔法雄健，气势浑厚，清代文章家刘大櫆评论此文说："言议甚简，而雄直之气郁勃行间。"

送幽州李端公序

　　元年①，今相国李公②，为吏部员外郎，愈尝与偕朝③，道语幽州司徒公之贤④，曰："某前年被诏告礼幽州⑤，入其地，迓劳之使里至⑥，每进益恭。及郊，司徒公红帓首⑦，靴裤握刀⑧，左右杂佩，弓韣服，矢插房⑨，俯立迎道左。某礼辞曰：'公，天子之宰⑩，礼不可如是。'及府，又以其服即事。某又曰：'公，三公，不可以将服承命⑪。'卒不得辞。上堂，即客阶，坐必东向⑫。"愈曰"国家失太平，于今六十年矣⑬。夫十日十二子相配，数穷六十⑭，其将复平⑮，平必自幽州始，乱之所出也⑯。今天子大圣，司徒公勤于礼⑰，庶几帅先河南北之将，来觐奉职⑱，如开元时乎⑲！"李公曰："然。"今李公既朝夕左右，必数数为上言⑳，元年之言殆合矣。

　　端公岁时来寿其亲东都㉑，东都之大夫士，莫不拜于门。其为人佐甚忠，意欲司徒公功名流千万岁㉒，请以愈言为使归之献㉓。

【注释】

①元年：指唐宪宗元和元年，即 806 年。

②相国李公：指李藩，字叔翰，元和四年（809）二月至六年二月为宰相。

③偕朝：同朝。元和初，韩愈为国子博士，与李藩同朝为官。

④幽州司徒公：指刘济，刘怦之子。贞元二十一年（805），刘济以幽州刺史加检校司徒。

⑤被诏：奉皇帝诏命。告礼幽州：指德宗李适去世，李藩奉命去幽州告哀。

⑥迓劳：迎接慰劳。

⑦红帓（mò）首：红头巾。是武将朝参时所服。

⑧靴裤：当时武官穿乌皮靴、大口裤。握刀：佩刀。

⑨弓韔（chàng）服，矢插房：韔服，弓袋。服，通"箙"。房，箭囊。弓在弓袋之中，箭插在箭囊里。此二句是说刘济满身戎装，十分庄重而恭谨。

⑩天子之宰：刘济在贞元十二年（796）为同平章事，同平章事相当于宰相职位。

⑪三公：刘济为检校司徒，司徒为三公之一，故称之为三公。将服承命：以武将之服听命，表示极尊天子使者，而不敢以主人自居。

⑫即客阶，坐必东向：指刘济不敢居主位，在客位就座，客位在西，面向东。表示对皇帝派来的大臣态度恭谨。

⑬国家失太平，于今六十年矣：指唐玄宗天宝十四载（755）安史之乱，至当时元和五年（810），有五十六年，举其整数约六十年。

⑭十日：指天干，甲乙丙丁戊己庚辛壬癸。十二子：指地支，子丑寅卯辰巳午未申酉戌亥。天干地支相配一轮回为六十。

⑮其将复平：六十年一轮回，周而复始，将复平定。

⑯"平必自幽州始"二句：安史之乱自幽州开始，以循环往复的观点来说，平定也一定自幽州开始。

⑰司徒公勤于礼：勤于礼，重视礼仪。此句指刘济对皇帝使臣的隆情厚礼。

⑱"庶几帅先河南北之将"二句：庶几，希望。帅先，率先，表率。觐，朝拜。奉职，奉命供职。此二句意思是希望刘济能率先给河南河北诸割据自雄节度使做个榜样。

⑲如开元时：像开元时期。开元，是玄宗李隆基的年号，当时国泰民安，称为开元盛世。

⑳"今李公既朝夕左右"二句：指李藩为宰相，伴皇帝左右，天天与皇帝议事。

㉑端公岁时来寿其亲东都：寿其亲，为其父亲祝寿。此句是说李益自幽州来东都洛阳为其父祝寿。李益之父名虬。

㉒"其为人佐甚忠"二句：佐，佐助。此二句意思是说李益在刘济幕中任御史，对刘济十分忠诚，希望刘济的功名能流传千古。

㉓请以愈言为使归之献：请将我的这番话作为回归幽州的献言。

【赏读】

李端公，即李益，字君虞，大历进士，是中唐时期著名诗人，"大历十才子"之一，唐宪宗元和元年（806）应召赴幽州节度使刘济幕中任御史。唐时称御史为端公，所以称他为李端公。李益来洛阳为其父祝寿，将回幽州时，韩愈写了此文为之送行。

当时幽州节度使刘济是倔强难制的强藩，二十年来不朝觐，幽州又是"安史之乱"的策源地，韩愈主张统一，反对藩镇割据，希望刘济能率先归唐，所以文章一开始，就写与李藩对话，希望李藩为朝廷有所作为，着力描写刘济接待皇帝使臣时如何"勤于礼"，既然能礼待皇帝的使臣，就可能率先归唐，希望通过李益做些工作，使刘济早日归顺朝廷。这也是本文的主旨。此篇名为

"送李端"，却重点写李藩赴幽州如何礼遇，这显然是韩愈的曲笔微讽。元代程端礼《昌黎文式》评点此文说："形容司徒恭顺之状如画。此篇似《史记》文，句句精思，字字有力。"

韩愈与刘济并没有交往过，完全是借李藩之口来表现刘济这个人物，而且写得很细致生动，笔墨不多但刻画入微；而这些描写又都是围绕主旨来构思取材，不妄下一语。清代张裕钊说此文"用意高妙，造言瑰奇，可见下笔时经营措注，摆落一切"。曾国藩也称此文"骨峻上而词瑰伟，极用意之作"。

送石处士序

　　河阳军节度御史大夫乌公①，为节度之三月，求士于从事之贤者。有荐石先生者，公曰："先生何如?"曰："先生居嵩、邙、瀍、谷之间②，冬一裘、夏一葛③，食朝夕，饭一盂、蔬一盘。人与之钱则辞；请与出游，未尝以事辞；劝之仕，不应。坐一室，左右图书，与之语道理，辨古今事当否，论人高下，事后当成败，若河决下流而东注，若驷马驾轻车就熟路，而王良、造父为之先后也④，若烛照、数计而龟卜也⑤。"大夫曰："先生有以自老⑥，无求于人，其肯为某来邪?"从事曰："大夫文武忠孝，求士为国，不私于家。方今寇聚于恒⑦，师环其疆，农不耕收，财粟殚亡⑧。吾所处地，归输之途⑨，治法征谋⑩，宜有所出。先生仁且勇，若以义请而强委重焉⑪，其何说之辞?"于是撰书词⑫，具马币⑬，卜日以授使者⑭，求先生之庐而请焉。

　　先生不告于妻子，不谋于朋友，冠带出见客，拜受书礼于门内⑮。宵则沐浴，戒行事⑯，载书册，问道所由，告行于常所来往。晨则毕至，张上东门外⑰，酒三行，且起，有执爵而言者曰："大夫真能以义取人，先生真能以道自任，决去就。为先生别。"又酌而祝曰："凡去就出处何常，惟义之归。遂以为先生寿。"又酌而祝曰："使大夫恒无变其初，无务富其家而饥其师⑱，无甘受佞人而外敬正士⑲，无昧于谄言⑳，惟先生是听，以能有成功，保天子之宠命。"又祝曰："使先生无图利于大夫，而私便其身。"先生起拜，祝辞曰："敢不夙夜以求从祝规㉑！"于是东都之人士，咸知大夫与先生果能相与以有成也。遂各为歌诗六韵㉒。退，愈为之序云。

【注释】

①河阳：今河南孟州市。乌公：乌重胤，元和五年（810）四月为河阳节度使，御史大夫是其虚职。

②嵩：嵩山，在河南登封境内。邙：北邙山，在河南洛阳境内。瀍、谷：二水名，都在洛阳境内，汇于洛水。

③冬一裘、夏一葛：裘，皮衣。葛，夏日的粗衣。此极言其生活俭朴。

④王良、造父：王良，春秋时期晋国人。造父，周穆王时人。二人都是古代著名的驭马能手。

⑤烛照：比喻洞察事物之明。数计：比喻论析精审。龟卜：比喻料事如神。

⑥有以自老：有自己的操守和信念以终老其身。

⑦寇：指元和四年（809），成德军节度使王承宗叛乱反唐。恒：恒州，治所在今河北正定县。

⑧财粟殚（dān）亡：钱粮耗尽。殚，尽。亡，同"无"。

⑨"吾所处地"二句：吾所处地，指河阳。归，"馈"的通假字，送给。输，运输。这两句是说河阳是馈送运输军需物资的必经之途。

⑩治法征谋：治乱之法，征叛之谋。

⑪若以义请而强委重焉：以道义来相请又委以重任。强，坚决敦请。

⑫撰书词：撰写招聘文书。

⑬具：备办。马币：马匹和币帛。都是馈赠的礼物。

⑭卜日：选定好日子。

⑮冠带：整冠束带，表示恭谨。拜受书礼：接受聘请及礼物。

⑯宵则沐浴，戒行事：戒，准备。行事，出门应备的事物。此句形容石处士接到聘请后，连夜准备行装。语气带有讥讽。

⑰张上东门外：张，供张。上东门，洛阳城北门。

古时送别亲友时，在城郊设帷帐摆酒席为之送行。

⑱无务富其家而饥其师：不要自饱私囊而使士兵饥寒。

⑲无甘受佞人而外敬正士：不要亲近接纳能说会道的奸人而疏远正直之士。佞人，巧言善辩、品行不端的人。外敬，表面恭敬而内心疏远。

⑳无味于谄言：不要甘于谄媚的话。

㉑蚤：通"早"。祝规：规勉的祝词。

㉒遂各为歌诗六韵：指当时即席作诗，所作的诗两句一韵，共六韵十二句。韩愈《送石处士赴河阳幕》："长把种树书，人云避世士。忽骑将军马，自号报恩子。风云入壮怀，泉石别幽耳。巨鹿师欲老，常山险犹恃。岂惟彼相忧，固是我徒耻。去去事方急，酒行可以起。"

【赏读】

石处士，名洪，字浚川，其先姓乌石兰，后独以石为氏。洛阳人，曾任黄州录事参军，后归隐洛水十年不仕。元和五年（810）乌重胤为河阳节度使，平定藩镇之乱，召他入幕参谋。次年，奉诏担任京兆昭应尉、集贤校理。元和七年（812）六月去世，韩愈曾为他作墓志铭。石洪也因韩愈的文章而传名，欧阳修说："（石）洪始终无可称，而名重一时，以尝退之称道耳。"

全篇上下两段全用对话，前段乌重胤与从事问答，后段送行人饯行赠言，其中颂之、美之、讽之、戒之，全借他人之口道出，而韩愈本人总不实写一笔。清代过珙《古文评注》说："《送石处士序》其文章深刻处，全在借他人口中说尽规讽。"张伯行《重订唐宋八大家文钞》也讲："此作序之大旨，妙在尽托他人之言，使观者浑然不觉，而深味无穷。"细品此文及韩愈《送石处士赴河阳幕》一诗，对石处士是有讥讽的，这一点似乎也不难看出。处士，本应是不愿为官的隐士，不过问世事而过着闲适的日子。石处士似乎言行不一，外面上看"冬一裘、夏一葛""饭一盂、蔬一盘"，但又不甘寂寞，"论人高下""事后成败"又口若悬河。好似"与之钱则辞""劝之仕，不应"，一旦"具马币，卜日以授使者求先生之庐而请焉"，则迫不及待"不告于妻子，不谋于朋友，冠带出见客""宵则沐浴，戒行事"，很有些"滑稽"了。所以清代浦起龙《古文眉诠》讲："初看此文，自所述居洛品概至先生'其肯来邪'一大片，绝不作仕宦想；其后书币一到，便尔匆遽出门，几成两撅话，两样人，心甚疑之。及细审之，所述居洛时口中明具一勤一起，以语道理三行，打通仁勇气脉，伏根欲勃，已在前也。"《古文观止》选录了此文，并在批语中说："纯以议论行序事，序之变也。看前面大夫、从事，回转反复，又看后面回转祝词，有无限曲折变态，愈转愈佳。"亦深得本文之旨。

送温处士赴河阳军序

伯乐一过冀北之野^①，而马群遂空。夫冀北马多天下，伯乐虽善知马，安能空其群邪？解之者曰：吾所谓空，非无马也，无良马也。伯乐知马，遇其良，辄取之，群无留良焉^②。苟无良，虽谓无马，不为虚语矣。

东都，固士大夫之冀北也。恃才能深藏而不市者^③，洛之北涯曰石生^④，其南涯曰温生^⑤。大夫乌公以斧钺镇河阳之三月，以石生为才，以礼为罗^⑥，罗而致之幕下。未数月也，以温生为才，于是以石生为媒，以礼为罗，又罗而致之幕下。东都虽信多才士，朝取一人焉，拔其尤，暮取一人焉，拔其尤。自居守、河南尹^⑦，以及百司之执事^⑧，与吾辈二县之大夫^⑨，政有所不通，事有所可疑，奚所咨而处焉^⑩？士大夫之去位而巷处者，谁与嬉游^⑪？小子后生，于何考德而问业焉^⑫？缙绅之东西行过是都者，无所礼于其庐^⑬。若是而称曰^⑭：大夫乌公，一镇河阳，而东都处士之庐无人焉，岂不可也！

夫南面而听天下⑮，其所托重而恃力者⑯，惟相与将耳。相为天子得人于朝廷，将为天子得文武士于幕下，求内外无治，不可得也。愈縻于兹⑰，不能自引去，资二生以待老⑱。今皆为有力者夺之⑲，其何能无介然于怀邪？生既至，拜公于军门，其为吾以前所称，为天下贺⑳，以后所称，为吾致私怨于尽取也㉑。留守相公㉒，首为四韵诗歌其事㉓，愈因推其意而序之。

【注释】

①伯乐：见《杂说（四）》。冀北之野：古代冀州（今河北一带）是养马之处。《左传·昭公四年》："冀之北土，马之所生。"

②留良：留，遗留，剩下。良，指良马。

③深藏而不市：指隐居不出。市，出售，引申为不为所用。

④洛之北涯：洛水的北岸。石生：指石洪，见《送石处士序》。

⑤温生：指温处士造。

⑥以礼为罗：礼聘。罗，罗致，招请。

⑦居守、河南尹：居守，指东都留守郑余庆。河南尹，即河南府尹，一府之长官称尹。一说指房式，一说指郗士美。

⑧百司：各个官署。执事：负有专职的人，泛指官员。

⑨二县：洛阳城郊的洛阳县和河南县。大夫：在此指县令。韩愈此时为河南县令。

⑩奚所咨而处焉：奚，疑问词，何。此句意思是说何处咨询而处置呢？

⑪"士大夫之去位而巷处者"二句：去位而巷处，意思是离开官位在家闲居。巷处，居住在寻常里巷里。此二句意思是说士大夫们一旦离开官位闲居家中，又与谁一道游玩呢？

⑫考德：考核品德。问业：请教学业。

⑬"缙绅之东西行过是都者"二句：缙，同"搢"。绅，束腰的大带。缙绅，插笏于绅，后代指官员、士大夫。礼，拜访。此两句的意思是说东西往来路过东都的士大夫和官员们来此地，也没有值得拜访的隐居之士了。

⑭若是而称：像这样情景而称说。

⑮南面：面向南而坐，指皇帝坐朝上。听：听政，引申为治理。

⑯托重而恃力者：委以重任并依靠他们的力量。

⑰愈縻于兹：縻，缚住。韩愈当时任河南县令，所以如此说。

⑱"不能自引去"二句：资，凭靠。二生，指石处

士和温处士。这两句意思是我不能引退离去（指河南县
令），靠二位协助谋划并期维持到告老退休。

⑲有力者：指乌重胤。夺之：罗致而去。

⑳吾以前所称：是针对乌重胤为国搜罗人才到幕下
而言。为天下贺：为天下人所值得庆贺的。

㉑"以后所称"二句：以后所称，指东都人才搜罗
殆尽，自己失去依靠。这二句意思是说像我后面所讲，
东都人才搜罗将尽，使我失去依靠，心里产生一种私怨。
以上几句话是韩愈亦庄亦谐很风趣的话。

㉒留守相公：指郑余庆。

㉓四韵诗：即四韵八句的诗。歌其事：歌颂此事。
郑余庆此诗今已散佚。

【赏读】

温处士，名造，字简舆，当时他与石处士洪都在洛
阳附近隐居，继石处士被聘之后，不久他也被河阳节度
使乌重胤招致幕下。此文是为送温处士而作。

石、温二人与韩愈都有密切交往。在这篇赠序中一方
面写为接连送走两位朋友而依恋不舍之情，另一方面又赞
扬乌公能在国家急难之时招罗任用贤才并使他们为国效力
而深感欣慰。文章开头借用"伯乐一过冀北之野，而马群
遂空"，凭空设喻，十分贴切。最后一节写乌公先后招去二

人，自己不能不介然于怀，亦庄亦谐，用笔巧妙，饶有意趣。虽名为"送温处士"，但全篇几乎无一语赞温处士，全凭空虚撰，无一实语。这也可见韩愈此文的狡狯之处。韩愈于石、温二人的不满在行笔隐约处可推想。另外，韩愈有首长诗《寄卢仝》就是对所谓一些隐士的挖苦、讽刺。此文与《送石处士序》为姊妹篇，但二文却又不尽相同，林纾《韩柳文研究法》一段评语深得二文之旨，其中说："石洪，温造二序，人同事同，而行文制局，乃大不同。石洪本无可纪，着眼全在乌公，文末祝词，恒患其为藩镇之祸，此昌黎托石生以示讽也。文至严重，句斟字酌，一字不肯苟下。《送温生序》，有石生为媒介，着手稍易，但序乌公之多得士，与前作已稍别，不至相犯。说乌公攘夺其友，不能无介于怀，又言致私怨于尽取，极意写己之不悦，然乌公见之，则大悦矣，此文字之狡狯动人处。文中'自居守河南尹'以下数行，笔笔活著，熟读之，可悟文字之波澜。"

石鼎联句诗序

　　元和七年十二月四日，衡山道士轩辕弥明自衡下来①，旧与刘师服进士衡湘中相识②，将过太白③，知师服在京，夜抵其居宿。有校书郎侯喜，新有能诗声④，夜与刘说诗。弥明在其侧，貌极丑，白须黑面，长颈而高结喉，中又作楚语⑤，喜视之若无人。弥明忽轩衣张眉，指炉中石鼎，谓喜曰："子云能诗，能与我赋此乎？"刘往见衡湘间，人说云，年九十余矣，解捕逐鬼物，拘囚蛟螭虎豹⑥，不知其实能否也。见其老，颇貌敬之，不知其有文也。闻此说大喜，即援笔题其首两句⑦，次传于喜，喜踊跃，即缀其下云云⑧。道士哑然笑曰⑨："子诗如是而已乎？"即袖手竦肩，倚北墙坐，谓刘曰："吾不解世俗书⑩，子为我书。"因高吟曰："龙头缩菌蠢，豕腹涨彭亨⑪。"初不似经意，诗旨有似讥喜。二子相顾惭骇，欲以多穷之⑫，即又为而传之喜。喜思益苦，务欲压道士，每营度欲出口吻，声鸣益悲，操笔欲书，将下复止，竟亦不能奇也。毕，即传道士，道士高踞大唱曰：“刘把笔，吾诗云云。”其不用意而功益奇[13]，不可附说，语皆侵刘、侯[14]。喜益忌之。刘与侯皆已赋十余韵，弥明应之如响，皆颖脱含讥讽[15]。夜尽三更，二子思竭不能续，因起谢曰：“尊师非世人也，某伏矣[16]，愿为弟子，不敢更论诗。”道士奋曰：“不然，章不可以不成也[17]。”又谓刘曰：“把笔来，吾与汝就之。”即又唱出四十字，为八句。书讫，使读。读毕，谓二子曰：“章不已就乎？”二子齐应曰：“就矣。”道士曰：“此皆不足与语，此宁为文邪？吾就子所能而作耳，非吾之所学于师而能者也。吾所能者，子皆不足以闻也，独文乎哉[18]！吾语亦不当闻也，吾闭口矣。”二子大惧，皆起，立床下，拜曰：“不敢他有问也，愿闻一言而已。先生称‘吾不解人间书’，敢问解何书？请闻此而已。”道士寂然若无闻也，累问不应。二子不自得，即退就座。道士倚墙睡，鼻息如雷鸣。二子怛然失色[19]，不敢喘。斯须，曙鼓动冬冬，二子亦困，遂坐睡，及觉，日已上，惊顾觅道士，不见，即问童奴，奴曰：“天且明，道士起出门，若将便旋然[20]，奴怪久不返，即出到门觅，无有也。”二子惊惋自责[21]，若有失者。间遂诣余言，余不能识其何道士也。尝闻有隐君子弥明，岂其人耶？韩愈序。

附：

石鼎联句诗

巧匠斫山骨，刳中事煎烹。（刘师服）

直柄未当权，塞口且吞声。（侯喜）

龙头缩菌蠢，豕腹涨彭亨。（轩辕弥明）

外苞干藓文，中有暗浪惊。（刘师服）

在冷足自安，遭焚意弥贞。（侯喜）

谬当鼎鼐间，妄使水火争。（轩辕弥明）

大似烈士胆，圆如战马缨。（刘师服）

上比香炉尖，下与镜面平。（侯喜）

秋瓜未落蒂，冻芋强抽萌。（轩辕弥明）

一块元气闭，细泉幽窦倾。（刘师服）

不值输写处，焉知怀抱清。（侯喜）

方当洪炉然，益见小器盈。（轩辕弥明）

皖皖无刃迹，团团类天成。（刘师服）

遥疑龟负图，出曝晓正晴。（侯喜）

旁有双耳穿，上为孤髻撑。（轩辕弥明）

或讶短尾铫，又似无足铛。（刘师服）

可惜寒食球，掷此傍路坑。（侯喜）

何当出灰炲，无计离瓶罂。（轩辕弥明）

陋质荷斟酌，狭中愧提擎。（刘师服）

岂能煮仙药，但未污羊羹。（侯喜）

形模妇女笑，度量儿童轻。（轩辕弥明）

徒示坚重性，不过升合盛。（刘师服）

旁似废毂仰，侧见折轴横。（侯喜）

时于蚯蚓窍，微作苍蝇鸣。（轩辕弥明）

以兹翻溢惫，实负任使诚。（刘师服）

常居顾盻地，敢有漏泄情。（侯喜）

宁依暖热弊，不与寒凉并。（轩辕弥明）

区区徒自效，琐琐不足呈。（侯喜）

回旋但兀兀，开阖惟铿铿。（刘师服）

全胜瑚琏贵，空有口传名。

岂比俎豆古，不为手所撜。

磨砻去圭角，浸润著光精。

愿君莫嘲诮，此物方施行。（轩辕弥明）

【注释】

①衡山道士轩辕弥明：《仙传拾遗》中有传。但记载似出自本文。

②刘师服：刘师服和侯喜都是韩愈的学生。

③太白：山名。在今陕西周至、眉县、太白等县间。《水经注》："太白山在武功县南，去长安三百里，不知其高几何，俗云：武功太白，去天三百。"

④新有能诗声：近来有能作诗的名声。

⑤楚语：指湖南一带的方言口音。

⑥蛟螭（chī）：传说中的龙的一种。在此泛指凶猛的动物。

⑦援笔题其首两句：指刘师服先写了前两句。见《石鼎联句诗》。

⑧缀其下云云：指侯喜继刘师服之后续写两句。见《石鼎联句诗》。

⑨哑然：笑的样子，意有嘲笑。

⑩吾不解世俗书：此句是轩辕弥明意存鄙视的话，意思是说我不懂你们所写的字。

⑪龙头缩菌蠢，豕腹涨彭亨：菌蠢，小而臃肿。出自张衡《南都赋》："芝房菌蠢生其隈，玉膏滵溢流其隅。"豕，猪。彭亨，胀满，出自高湛《养生论》："多餐令人彭亨短气，或致暴疾。"此二句表面上是咏石鼎，实则借此嘲笑侯喜的外貌。

⑫惭骇：惭愧不安。欲以多穷之：想多写而难住他。

⑬不用意而功益奇：毫不经心而诗句却十分巧妙。

⑭侵：冒犯。在此有讥讽之意。

⑮应之如响：形容才思敏捷，应答迅速，如响之应声。颖脱含讥讽：指轩辕弥明诗才之捷如锥处囊中，脱颖而出并带有讥讽。

⑯尊师：对轩辕弥明尊称。伏：通"服"，降服。

⑰章：全诗终了为一章。《说文解字》："章，乐竟为一章。"

⑱独：岂止。

⑲怛（dá）然：惊愕的样子。

⑳将便旋然：去小便的样子。便旋，小便。

㉑惊惋：惊叹惋惜。

【赏读】

《石鼎联句诗》是刘师服、侯喜和轩辕弥明三人的联句。所谓的联句诗，是指一首诗，由两人以上共同完成，每人一句或多句，联结成章。相传汉武帝《柏梁台诗》为最早的联句诗。此文是韩愈为他们联句写的序文。至于此序有多少纪实，还很难确论。洪兴祖《韩子年谱》说："《石鼎联句诗》或云皆退之所作，如《毛颖传》以文滑稽耳。"序中的轩辕弥明这个人物，于史无征，恐也是韩愈杜撰的，并非实有其人。这样看来，这首《石鼎联句诗》也是出自韩愈之手。朱熹《昌黎先生集考异》就说"此诗句法全类韩公"，并认为轩辕弥明即韩愈自况。

因为此文和《毛颖传》都带有小说的味道，如对话的场面，形态的表现，都栩栩如生地刻画不同的人物，所以常被人视为"戏谑之言"（张籍语）。从另一角度来谈，韩愈正是借游戏之文，以抒胸中之奇。曾国藩《求阙斋读书录》评此文说："傲兀自喜，此等情事亦适与公笔势相发也。"

送浮屠令纵西游序

其行异，其情同①，君子与其进可也②。令纵释氏之秀者③，又善为文，浮游徜徉，迹接天下④。藩维大臣⑤，文武豪士，令纵未始不褰衣而负业⑥，往造其门下。其有尊行美德，建功树业，令纵从而为之歌颂，典而不谀，丽而不淫⑦，其有中古之遗风与⑧？乘闲致密，促席接膝，讥评文章，商较人士⑨，浩浩乎不穷，愔愔乎深而有归⑩。于是乎吾忘令纵之为释氏之子也。其来也云凝⑪，其去也风休⑫，方欢而已辞⑬，虽义而不求⑭，吾于令纵不知其不可也⑮，盍赋诗以道其行乎⑯？

【注释】

①行异：指僧人与俗人行为经历有所不同。情同：指感情上有相同之处。

②君子与其进可也：与，赞许、称誉。进，进步。《论语·述而》："子曰：'与其进也，不与其退也。'"

③释氏之秀者：佛门中的杰出人才。

④浮游：云游。徜徉：漫游。迹接天下：足迹遍天下。

⑤藩维：藩镇。地方诸侯长官。

⑥未始：未尝。褰衣：用手撩着衣裳，表示行走疾速心情迫切。负业：从师求教。

⑦典：典雅。谀：谄媚奉承。丽：文辞华美。淫：过分，浮夸。

⑧中古：指魏晋时期。与：通"欤"。

⑨商较：商榷比较加以褒贬。

⑩愔愔：神色和悦的样子。深而有归：议论精深有明确的倾向性。

⑪其来也云凝：其驻留虽暂如云停，却从容不迫。

⑫其去也风休：其去虽速如风至，却了无沾滞。

⑬方欢：正兴高采烈。辞：告辞。

⑭虽义而不求：求取即使符合道，也都不去索取。《论语·宪问》："义然后取，人不厌其取。"

⑮"吾于令纵"句：韩愈对方外之士是持否定态度的，而对令纵却"不知其不可"表示肯定，所以要赋诗为他送行。

⑯盍：何不。

【赏读】

　　韩愈一生排诋佛教，但在他的文集中有不少文章是写给佛教徒的。韩愈被贬到潮州后，潮阳灵山寺大颠和尚和韩愈交往很多，韩愈对大颠的道德学问颇为推崇。还给大颠和尚写过三封信（见《韩昌黎集·文外集》），韩愈还有一些诗是写给和尚的，如《送僧澄观》《送文畅师北游》《送惠师》《送灵师》《听颖师弹琴》。其实这也不足为奇，在他们个人交往中，信仰不同，互相尊重，不妨碍他们学问上的切磋。本文就是写给一位叫令纵的和尚的。令纵虽然是出家的僧人，但是从文章中看，他身上没有过重的"佛家味道"，更没有僧人的"俗气"，应该是僧人中的雅士。清代张裕钊说："退之为释子（佛教徒）作赠序，内不失己，外不失人，最见精心措注处。"又说："每篇各出意义，无相袭者，笔端具有造化，惟退之足以当之。"此文赞许令纵"善为文""有中古之遗风"，又认为他的议论"深而有归"，以至于忘记了"令纵之为释氏之子也"，所以清代储欣《唐宋十大家全集录》说："此序有奖赏，无讥讽。"

　　本文不足二百字，字句清丽浏亮，行文似在经意与不经意之间。韩愈还有一文《送浮屠文畅师序》与此篇大旨相近，亦可参读。

送杨少尹序

　　昔疏广、受二子^①，以年老，一朝辞位而去。于时公卿设供张^②，祖道都门外^③，车数百两^④，道路观者，多叹息泣下，共言其贤^⑤。汉史既传其事^⑥，而后世工画者，又图其迹，至今照人耳目，赫赫若前日事。

　　国子司业杨君巨源^⑦，方以能诗训后进^⑧，一旦以年满七十，亦白丞相去，归其乡。世常说古今人不相及，今杨与二疏，其意岂异也？

　　予忝在公卿后^⑨，遇病不能出。不知杨侯去时，城门外送者几人，车几两，马几匹？道边观者，亦有叹息知其为贤与否？而太史氏又能张大其事为传，继二疏踪迹否^⑩？不落莫否^⑪？见今世无工画者，而画与不画，固不论也^⑫。然吾闻杨侯之去，相有爱而惜之者，白以为其都少尹^⑬，不绝其禄^⑭。又为歌诗以劝之^⑮，京师之长于诗者，亦属而和之。又不知当时二疏之去，有是事否？古今人同不同，未可知也。

　　中世士大夫^⑯，以官为家，罢则无所于归。杨侯始

冠，举于其乡，歌《鹿鸣》而来也⑰。今之归，指其
树曰："某树吾先人之所种也；某水某丘吾童子时所钓
游也。"乡人莫不加敬，诫子孙以杨侯不去其乡为法。
古之所谓乡先生没而可祭于社者⑱，其在斯人欤？其在
斯人欤？

【注释】

①疏广：字仲翁，官至太子太傅。受：疏受，疏广
的侄子，字公子，官至太子少傅。叔侄俩同时辞官归里，
《汉书·疏广传》载：广谓受曰："吾闻'知足不辱，知
止不殆'；'功遂身退，天之道也'。今仕宦至二千石，宦
成名立，如此不去，惧有后悔，岂如父子相随出关，归
老故乡，以寿命终，不亦善乎？"

②供张：供，陈设。张，同"帐"。供张，陈设帷帐。

③祖道：古人于出行前祭祀路神叫作祖道，后称临
别饯行为祖道。

④两：同"辆"。

⑤共言其贤：《汉书·疏广传》记载疏广、受辞官还
乡时说："公卿大夫故人邑子设祖道，供张东都门外，送
者车数百两，辞决而去。及道路观者皆曰：'贤哉二大
夫！'或叹息为之下泣。"

⑥汉史：指《汉书》。传其事：记载了此事。

⑦国子司业：官名，国子监的副主管官。

⑧方以能诗训后进：方，始。能诗训后进，杨巨源有诗名，后学常宗之。唐代赵璘《因话录》："巨源在元和中，诗韵不为新语，体律务实，功夫颇深。自旦至暮，吟咏不辍。"

⑨予忝在公卿后：忝，谦辞，有辱于。当时韩愈为吏部侍郎，所以说"忝在公卿后"。

⑩太史氏：指史官。张大其事为传，继二疏踪迹：表彰其事为传，继疏广、疏受的事迹。

⑪落莫：冷落寂寞。莫，通"寞"。

⑫固不论：本可不去深究。

⑬白以为其都少尹：这句意思是，申报朝廷命杨为其家乡的少尹。

⑭不绝其禄：不断绝其俸禄。

⑮劝：勉励。

⑯中世：中古，指魏晋时期。士大夫：指官宦阶层。

⑰《鹿鸣》：《诗经·小雅》中第一章。唐代乡举考试后州县长官宴请中举的人，宴会上歌《鹿鸣》之章。

⑱乡先生没而可祭于社者：乡先生，指辞官还乡德高望重的人。没，通"殁"，死亡。祭于社，在社庙中祭祀。这句意思是，乡先生死后可以在社庙中享受祭祀。

【赏读】

　　杨少尹名巨源，字景山，官至国子司业，也是著名的诗人。我们熟悉的"诗家清景在新春，绿柳才黄半未匀。若待上林花似锦，出门俱是看花人"一诗，就出自杨巨源之手。此篇中也特指出杨巨源"能诗训后进"。他因年老请求退休还乡，韩愈写了此文为之送行。杨巨源回家后仍任家乡河东郡副长官，即少尹，所以称他为"杨少尹"。

　　在他辞官返乡时，韩愈虽写了此文为之送行，但韩愈因病未能亲自送他。所以当时送行的场面全是作者凭空想象之词，看似娓娓道来，却无一句实写，但我们读起来却觉得当时情景历历在目。也正因为韩愈未能亲自送行，文章写来极尽曲纡之妙，先从古人写起，迂回落笔，而又左右逢源不着痕迹。文章开头写汉朝疏广、疏受叔侄辞官还乡，相送的场面很感人。两疏辞官还乡是一个熟典，不仅《汉书》中有记载，连蒙书《千字文》"两疏见机，解组谁逼"都有赞誉。但与杨巨源告老还乡不尽相同，只是韩愈凭空落笔的一种手法，这也足见韩愈优游有余的写作技巧。正如近人王懋《韩昌黎文评注》说此文"无中生有，婉转回环，是翻空法，即韩文胜人处"。

送高闲上人序

　　苟可以寓其巧智①，使机应于心②，不挫于气，则神完而守固③，虽外物至，不胶于心④。尧、舜、禹、汤治天下，养叔治射⑤，庖丁治牛⑥，师旷治音声⑦，扁鹊治病⑧，僚之于丸⑨，秋之于弈⑩，伯伦之于酒⑪，乐之终身不厌，奚暇外慕⑫！夫外慕徙业者，皆不造其堂，不哜其胾者也⑬。

　　往时张旭善草书⑭，不治他伎，喜怒、窘穷、忧悲、愉佚、怨恨、思慕、酣醉、无聊、不平，有动于心，必于草书焉发之⑮。观于物，见山水、崖谷、鸟兽、虫鱼、草木之花实、日月、列星、风雨、水火、雷霆、霹雳、歌舞、战斗，天地事物之变，可喜可愕，一寓于书。故旭之书，变动犹鬼神，不可端倪⑯，以此终其身，而名后世。

　　今闲之于草书，有旭之心哉！不得其心，而逐其迹⑰，未见其能旭也。为旭有道，利害必明，无遗锱铢⑱，情炎于中⑲，利欲斗进⑳，有得有丧，勃然不释^㉑，然后一决于书，而后旭可几也^㉒。今闲师浮屠氏^㉓，一死生，解外胶^㉔，是其为心，必泊然无所起^㉕；其于世，必淡然无所嗜，泊与淡相遭，颓堕、委靡、溃败，不可收拾^㉖。则其于书，得无象之然乎^㉗？

然吾闻浮屠人善幻^㉘，多技能，闲如通其术，则吾不能知矣。

【注释】

①寓其巧智：寄托他的灵巧与智慧。

②使机应于心：心能随机应变，使外来的事物能适应自己内心所倾注的专业。

③不挫于气，则神完而守固：挫，损伤。神完，精神完好，《庄子·天下》篇："不以物挫志之谓完。"守固，对自己的事业有信心而坚定不移。这句话的意思是，外界的困扰不能挫损志气，那么就能精神完好而固守自己的事业。

④外物至，不胶于心：外物，指外界的干扰和诱惑。胶，黏附。此句意思是，对外来的事物，能机变于心，不至于黏附在心上，受它的影响。

⑤养叔治射：养叔，养由基，字叔，春秋时楚国人，善射。《史记·周本纪》："楚有养由基者，善射者也。去柳叶百步而射之，百发而百中之。"

⑥庖丁治牛：庖，厨师。古代的庖人兼司屠宰牲畜的任务。《庄子·养生主》："庖丁为文惠君解牛，手之所触，肩之所倚，足之所履，膝之所踦。砉然响然，奏刀騞然，莫不中音，合于桑林之舞，乃中经首之会。"

⑦师旷治音声：师旷，春秋时晋平公的掌乐太师，名旷，字子野。《左传》《孟子》《庄子》等书中均有关于师旷精通音乐的记载。

⑧扁鹊治病：扁鹊，战国时名医，姓秦，字越人，有起死回生之术。见《史记·扁鹊仓公列传》。

⑨僚之于丸：僚，指熊宜僚，春秋时楚国的勇士。丸，弄丸，类似今天的杂耍。《庄子·徐无鬼》："市南宜僚弄丸，而两家之难解。"

⑩秋之于弈：秋，古代一位名叫秋的围棋手。弈，围棋。《孟子·告子上》："弈秋，通国之善弈者也。"

⑪伯伦之于酒：刘伶，字伯伦，魏晋时期"竹林七贤"之一，性嗜酒，有《酒德颂》。

⑫奚暇外慕：奚，何。暇，空闲。此句意思是，哪里有空闲时间去爱慕其他的事物。

⑬皆不造其堂，不哜（jì）其胾（zì）：不造其堂，指造诣不深，语出《论语·先进》："子曰：'由也升堂矣，未入于室也。'"哜，尝。胾，同"炙"，大块的肉。这两句的意思是，造诣不深，没有尝到真正的味道。

⑭张旭：字伯高，官至率府长史，人称"张长史"，为人旷放不拘，世称"张颠"，以草书见长，酒后常书狂草。杜甫《饮中八仙歌》："张旭三杯草圣传。"

⑮必于草书焉发之：指上文所言各种感情上的波动和变化，都借草书来表现出来。焉，这里起指代词作用，犹言"其中""其内"。

⑯"变动犹鬼神"二句：端倪，头绪，边际。此二句形容张旭的草书出神入化，令人不可测度。

⑰不得其心，而逐其迹：心，指内在的气质精神而言。迹，指外表的行迹。这两句是说，没有得到张旭的内在精神而只模仿其草书的行迹。

⑱锱铢（zī zhū）：古代重量单位，一百颗黍米为一铢，六铢为一锱。比喻数量极少。

⑲情炎于中：中，指内心。内心有灼热的情感。

⑳利欲斗进：利，指公义，《说文解字》："利者，义之和也。"欲，私欲。此句意思是，公义和私欲互相争胜。

㉑勃然不释：勃然，充沛旺盛的样子。释，松弛消散。

㉒几：差不多。

㉓浮屠：佛的梵语音译。

㉔一死生，解外胶：一死生，把生和死看成一样，王羲之《兰亭序》："一死生为虚诞，齐彭殇为妄作。"解外胶，对外来的事物一概屏弃。

㉕泊然无所起：此句与下文"淡然无所嗜"意思相近。指佛教徒消极遁世，心如枯井，对一切事物都不感兴趣。

㉖颓堕、委靡、溃败，不可收拾：此二句是说精神颓唐，意志消沉。其实颓堕、萎靡、溃败，与上文的"泊然无所起""淡然无所嗜"是两个概念。

㉗其于书，得无象之然乎：无象，一种极高的境界，《吕氏春秋·君守》："至精无象。"此二句是反诘语气，意思是说，至于书法能到像张旭那样高超的境界吗？

㉘善幻：善于幻术。

【赏读】

高闲上人（上人，对僧人的尊称）是位高僧，兼善书法，尤精草书。有《千字文》（残本）传世。赞宁《宋高僧传》云："湖州开元寺释高闲，本乌程（今浙江湖州市）人也。后入长安，于荐福、西明等寺，隶习经律，克精讲贯。宣宗重兴佛法，召入对御前草圣，遂赐紫衣。"而韩愈一生力辟佛教，他这篇《送高闲上人序》中借高闲学习草书来发泄对佛教的排斥情绪。文章一开始就列举八个有名的例证，并进一步说明张旭之所以能成为草圣，必须"机应于心，不挫于气"，并将喜怒怨恨种种感情、可喜可愕的自然界景象，一寓于书。而这却与佛教所提倡的清静淡泊、弃绝人事，对天地万物毫不挂在心上的消极回避思想格格不入，所以韩愈认为高闲的书法也只能袭其皮毛，不能得其神髓，从而也透露出韩愈排斥佛教的思想。高闲传世的书法作品不多见，从留存下来的《千字文》（残本）来看，开阖有致，流畅自然，得张旭法度，造诣很高。韩愈此文的主旨是借高闲书法对佛教理论进行反驳，其实佛教之学说与书法并没有直接关系，书法史有不少僧人都是卓有成就的书法大家，如智永、智果、怀仁、怀素等。再则佛教进入中国之后，对书法也有促进作用，有许多名碑名帖都与佛教相关。韩愈只是借题发挥，旁见侧出，以寓其辟佛之旨。读此文，不必深信韩愈谈到的学书法见解，否则就形同痴人说梦。储欣《唐宋八大家类选》中就说："高闲以草书名，公讥其师浮屠氏，颓堕委靡，恐草书亦不能如旭也，用意深奥。文亦变动犹鬼神，不可端倪。"韩愈对高闲的书法意存鄙视，不免偏颇。文章最后一小节，说僧人多幻术，可能高闲也曾学习过幻术，韩愈认为这些都是怪力乱神，一句"吾不能知矣"斥之，看似侧出一笔，其实正是其文心独运妙处。

爱直赠李君房别

　　左右前后皆正人也，欲其身之不正，乌可得邪[①]？吾观李生在南阳公之侧[②]，有所不知，知之未尝不为之思[③]；有所不疑，疑之未尝不为之言[④]。勇不动于气，义不陈乎色[⑤]。南阳公举措施为不失其宜[⑥]，天下之所窥观称道洋洋者[⑦]，抑亦左右前后有其人乎[⑧]！

　　凡在此趋公之庭，议公之事者，吾既从而游矣。言而公信之者，谋而公从之者，四方之人则既闻而知之矣。李生，南阳公之甥也[⑨]。人不知者将曰："李生之托婚于贵富之家，将以充其所求而止耳[⑩]。"故吾乐为天下道其为人焉。

　　今之从事于彼也[⑪]，吾为南阳公爱之；又未知人之举李生于彼者何辞[⑫]，彼之所以待李生者何道[⑬]。举不失辞，待不失道[⑭]，虽失之此足爱惜[⑮]，而得之彼为欢忻[⑯]，于李生道犹若也[⑰]。举之不以吾所称[⑱]，待之不以吾所期[⑲]，李生之言不可出诸其口矣[⑳]。吾重为天下惜之。

【注释】

①"左右前后皆正人也"三句：正人，正直之士。乌，岂。语出《汉书·贾谊传》："太子乃生而见正事，闻正言，行正道，左右前后皆正人也。夫习与正人居之，不能毋正，犹生长于齐不能不齐言也。"

②李生：指李君房，其因性格刚烈，敢于直言，受到时人的好评。南阳公：即张建封，南阳人，字本立。唐德宗时，李希烈反，张建封拒战有功，拜为徐州泗濠节度使。

③知之未尝不为之思：此句意思是说凡是李君房知道的事没有不为南阳公张建封筹划的。

④疑之未尝不为之言：此句意思是说凡是李君房认为有疑问的事也从来没有不直言相告的。

⑤"勇不动于气"二句：气，气色，面色。两句意思是说李君房勇于直言但能沉得住气，不动声色，遇到自己理直气壮时也不摆在脸上。

⑥举措施为：举动行为，此指政令措施。不失其宜：一切合情合理。

⑦称道：称赞。洋洋：形容十分赞许的样子。

⑧抑亦左右前后有其人乎：抑，清代吴汝纶说"退之用'抑'字，多与'意'字同"。抑亦，大概。左右

前后有其人，指南阳公周围有贤能之人。此针对李君房而言。

⑨甥：女婿。

⑩充其所求而止耳：满足自己的欲求也就是了。

⑪从事于彼：指李君房被他人所征聘。

⑫"又未知"句：举，推荐，介绍。又不知人们推荐李生时怎么说。

⑬"彼之所以"句：他人用什么态度对待李君房。

⑭举不失辞，待不失道：举荐他没有不得当的言辞，对待他也没有失礼的地方。

⑮失之此足爱惜：失之此，指李君房离开徐州张建封幕下。足爱惜，十分可惜。

⑯欢忻（xīn）：高兴。

⑰于李生道犹若也：此句意思是说无论在此或是在彼，对于李君房来说是一样的。

⑱举之不以吾所称：推荐李君房的言辞不是我所称许的优点。指推荐李的言辞失当。

⑲待之不以吾所期：对方对待李生的态度又不是我所期望的那样。指李生没有遇到正确的待遇。

⑳李生之言不可出诸其口矣：此句意思是说如果这样，李君房可能不像以往那样勇于直言了。

【赏读】

李君房，贞元六年（790）进士，徐州节度使张建封的女婿。李君房曾在张建封幕下供职，由于李敢于直言，张建封的举止行动都能不出大错，天下人也洋洋称道。也正因为李君房发言直率，无所畏避，以致不为张建封所容，李君房也不得不离开徐州。此文是李君房离开徐州时，韩愈为其送别而作。题目上"爱直"二字，是对李君房为人直率的赞美之辞，同时也含有爱惜之意。

惜别深情在低回感慨中体现，如"举不失辞，待不失道""失之此足爱惜，而得之彼为欢忻"，纡徐委折，耐人寻味。全文极力称颂李君房的为人，而从另一面来看，张建封与李君房有翁婿之亲，对李都有所不容，韩愈对张建封是有所不满的。但文章写得纡徐委折，只是正面称颂李君房，对张建封未置一词，这一点可能是因当时韩愈正在张建封幕下，不便直说。韩愈在徐州张建封幕下，也是"言无听也，唱无和也"（见《与孟东野书》），很不得志。正如林纾在《古文辞类纂》选评中所说："通幅爱惜李生，不满南阳（指张建封），却不曾一语道破。真神出鬼没之技。"

文章的最后一节，尤为耐人寻味，即对李君房充满同情，又对其前景担忧。

题李生壁

余始得李生于河中①，今相遇于下邳②，自始及今，十四年矣。始相见，吾与之皆未冠③，未通人事④，追思多有可笑者，与生皆然也。今者相遇，皆有妻子。昔时无度量之心，宁复可有⑤？是生之为交，何其近古人也⑥！

是来也，余黜于徐州⑦，将西居于洛阳。泛舟于清泠池⑧，泊于文雅台下⑨。西望商丘，东望修竹园⑩。入微子庙⑪，求邹阳、枚叔、司马相如之故文⑫。久立于庙陛间⑬，悲《那颂》之不作于是者已久⑭。

陇西李翱、太原王涯、上谷侯喜实同与焉⑮。贞元十六年五月十四日⑯，昌黎韩愈书。

【注释】

①始得：指结识。李生：名平，韩愈少年时的朋友。河中：今山西永济市。

②下邳（pī）：古县名，治今江苏邳州市、宿迁市

一带。

③未冠：古礼男子二十而冠。未满二十岁为未冠。

④未通人事：指尚未通晓人情世故。

⑤"无度量之心"二句：无度量，不加权衡和限制。这两句意思是，毫无世故之心，哪里能再有呢？

⑥"是生之为交"二句：是，代词，指上文"无度量之心"。通行本"是"字连上句读，细揣文意，应与"生之为交"连读。此二句是赞扬李生能保持着纯朴的品质，有古人之风。

⑦余黜于徐州：指辞去徐州节度使推官之职。上一年，徐州节度使张建封曾辟韩愈为节度使推官，但不久张建封去世，韩愈也辞职离开徐州。

⑧清泠池：《太平寰宇记》："梁孝王故宫内有钓台，谓之清泠台，下有池，号清泠池。"梁孝王封地在唐时为睢阳，今河南商丘市睢阳区南。

⑨文雅台：梁孝王时的古迹，在梁孝王的故城内。

⑩修竹园：亦在梁孝王故城内。王勃《滕王阁序》有"睢园绿竹"句。

⑪微子庙：微子，是商纣王的庶兄，他曾多次强谏纣王，纣王不悔，微子愤然出走。微子庙亦在商丘。以上列举的古迹，均在梁孝王故城之内。

⑫邹阳：西汉时的文学家。汉景帝时，与枚乘同在

吴王刘濞幕下，吴王谋反，邹阳曾上书谏阻，吴王未纳，遂离吴游于梁，为梁孝王门客。后为谗言，下狱，曾上书自陈，文辞委婉辩解，孝王释之，待为上宾。枚叔：名乘，西汉的辞赋家，初与邹阳同在吴王门下，后同投梁孝王，为梁孝王门客。司马相如：字长卿，西汉时的辞赋家，汉景帝时为武骑常侍，因病免官，后游于梁，为梁孝王的门客。此三人均在梁孝王门下，受到梁孝王的礼遇优待。梁孝王刘武，是刘邦之孙，汉景帝刘启同母弟。

⑬庙陛：宫殿的石阶。

⑭悲《那颂》之不作于是者已久：《那颂》，是《诗经·商颂·那》。《诗毛氏传疏》："《那》祀成汤也，微子至于戴公，其间礼乐废坏，有正考甫者得《商颂》十二篇，于周之大师，以《那》为首。"此句是韩愈对当时的世风日下的感慨。

⑮李翱：字习之，陇西人。王涯：字广津，太原人。侯喜：字叔起，上谷人。三人均是韩愈的学生。实同与焉：指当时在场。

⑯贞元十六年：贞元，唐德宗年号。贞元十六年，即公元 800 年。

【赏读】

作此文时，韩愈刚刚辞去徐州节度使推官之职，途经下邳，遇到少年时的朋友李平。此为临别时题壁留念之作。"题壁"就是在墙上直接写字或写诗，如同今天的挂张书画之类。此种形式，在晋朝兴起，如孙过庭《书谱》中就将有"羲之往都，临行题壁"的话。梁朝陶弘景有《题所居壁》。此风气到唐朝尤盛，著名的如崔颢题《黄鹤楼》诗，也是写在壁上的，后来李白游黄鹤楼，见而赏之，题曰"眼前有景道不得，崔颢题诗在上头"。杜甫有五律《题玄武禅师屋壁》，可见题壁是唐时的风尚。

全文不到二百字，却曲折委婉，用意深远。尤其是借缅怀古迹、古人，隐晦地抒发了作者怀才不遇、不为世用的感叹，也期盼能有梁孝王那样的人物，来赏识自己。本文也体现韩愈以诗入文的特色，所以曾国藩评此文说："低回唱叹，深远不尽，无韵之诗也。"清张裕钊也说："古郁苍凉，清微潇远，别有襟袍。"

文章最后一句说明此文写于"贞元十六年"，当年韩愈三十三岁，他与李生相识于十四年前，也就是韩愈十九岁时，当时他们都"未冠"，而今各有妻室。十几年的生活经历，使韩愈经过岁月的消磨、尘俗的污染，感受到世态炎凉，他自认为少年时的天真纯正，已消磨殆尽，很世故了。少年时的朋友李生还能保持不泯的童心，所以韩愈称赞他"是生之为交，何其近古人也"。

　　文中提到的《那颂》是《诗经·商颂》的首篇。借凭吊殷商之幽思，而伤怀今日古风不复存在，暗合赞评李生，也正体现韩文披沙拣金、低回唱叹之妙。

蓝田县丞厅壁记

丞之职所以贰令①，于一邑无所不当问。其下主簿、尉②，主簿、尉乃有分职。丞位高而逼③，例以嫌不可否事④。文书行，吏抱成案诣丞⑤，卷其前，钳以左手，右手摘纸尾⑥，雁鹜行以进⑦，平立，睨丞曰⑧："当署。"丞涉笔占位，署惟谨⑨，目吏，问："可不可⑩？"吏曰："得。"则退，不敢略省⑪，漫不知何事⑫。官虽尊，力势反出主簿、尉下。谚数慢，必曰"丞至⑬"，以相訾謷⑭。丞之设岂端使然哉⑮！

博陵崔斯立⑯，种学绩文⑰，以蓄其有，泓涵演迤⑱，日大以肆。贞元初⑲，挟其能，战艺于京师⑳，再进，再屈于人㉑。元和初㉒，以前大理评事言得失黜官㉓，再转而为丞兹邑。始至，喟曰㉔："官无卑，顾材不足塞职㉕。"既噤不得施用㉖，又喟曰："丞哉！丞哉！余不负丞，而丞负余㉗。"则尽枿去牙角㉘，一蹑故迹㉙，破崖岸而为之㉚。丞厅故有记，坏漏污不可读，斯立易桷与瓦㉛，墁治壁㉜，悉书前任人名氏。庭有老槐四行，南墙巨竹千梃[33]，儼立若相持，水潨潨循除鸣[34]，斯立痛扫溉[35]，对树二松，日吟哦其间。有问者，辄对曰："余方有公事，子姑去[36]。"

考功郎中、知制诰韩愈记[37]。

【注释】

①贰令：贰，辅佐。丞是县令的副职，类似副县令，所以说是贰令。

②主簿、尉：主簿，掌管文书、册籍、印信的官员。尉，掌管地方治安的官员。二者官衔均在县丞之下。

③丞位高而逼：逼，迫近。县丞的地位仅次于县令，所以说是"高"。他若认真办事又有侵犯县令的职权之嫌，所以又说为"逼"。

④例以嫌不可否事：例，照例。嫌，指避嫌疑。可否，同意或否定。这句话的意思是，县丞为了避免侵权的嫌疑，照例对公事不加可否。

⑤成案：已办成的案卷。诣丞：走到县丞面前。

⑥钳：挟持。摘：摘取。

⑦雁鹜行以进：鹜，野鸭。此句形容群吏像大雁和野鸭排着队依次而进。

⑧睨（ní）：斜视，表示轻蔑。

⑨涉笔：动笔。占位：就自己应当签名的位置。署：

签名。惟谨：十分谨慎的样子。

⑩目吏：目，作动词用。看吏的脸色行事。

⑪不敢略省：省，明白，了解。此句意思是不敢稍微了解它的内容。

⑫漫：茫然。

⑬谚：俗语。数：数落，讥讽。慢：轻蔑，瞧不起人。丞至：当时俗语对某人表示讽刺或轻蔑，就把他比作县丞，说"县丞来了"。

⑭訾謷（zǐ áo）：诋毁，诽谤。

⑮丞之设岂端使然：端，本来。这句话意思是，县丞的设置难道本来就是这样吗？

⑯博陵崔斯立：博陵，古县名，在今河北省，崔氏郡望。崔斯立，字立之，韩愈的朋友，韩愈有《答崔立之书》及《雪后寄崔二十六丞公》诗。

⑰种学：此指读书扎扎实实如种田那样认真。绩文：指写文章斟酌字句如织布那样仔细。

⑱泓涵演迤（yí）：泓涵，包孕宏深。演迤，源远流长。形容学问深厚渊博。

⑲贞元：唐德宗的年号。

⑳战艺：同人比试文艺才学，此指应试。崔斯立于贞元四年（788）考中进士。

㉑再进：指应进士后再应博学宏词科。再屈于人：

此句前人众说纷纭，今人童第德先生认为"屈"是"出"形讹。出于人，出人头地之意。

㉒元和：唐宪宗年号。

㉓大理评事：即大理寺评事，掌管刑法之官。得失：指朝政的失误。黜官：贬谪。

㉔喟（kuì）：叹息。

㉕官无卑，顾材不足塞职：顾，只是。塞，尽。意思是说官职无有卑贱，只是自己能力不能满足职务的需要。

㉖既噤不得施用：噤，闭口不敢说话。此句是说，自此闭口不言，才能也不得施展。

㉗"余不负丞"二句：意思是说，我的才能做县丞完全可以的，但现在县丞不能做事，实在是这个职位对不起我。

㉘柿：同"欁"，砍伐。牙角：锋芒，棱角。

㉙一蹑故迹：蹑，践蹈。完全照老规矩去做。

㉚崖岸：指性格高傲严峻。破崖岸，与上文"柿去牙角"意思相近，磨平自己的棱角而迁就他人。

㉛易桷（jué）与瓦：易，更换。桷，屋椽。

㉜墁：同"镘"，本是抹墙的工具，在此作动词用，指抹墙。

㉝桱：竿。

㉞漷（guó）漷：水流声。循：沿着。除：庭阶。

㉟痛：彻底。扫溉：打扫洗涤。

㊱子：称对方而略示敬意，等于说"您"。姑：暂且。

㊲考功郎中、知制诰：考功郎中，掌管文武百官考绩事项的官员，属吏部。知制诰，掌管撰拟诏令的官员。韩愈以考功郎中兼任此职。

【赏读】

壁记是或写或嵌在墙上的文字，官衙题壁，多是一些箴言，如：保定直隶总督府的牌楼上题有"尔俸尔禄，民膏民脂。下民易虐，上天难欺"。对为官为政者有着警示作用。最初设于朝廷的官衙，后来沿及州县。唐代封演《封氏闻见记》："朝廷百司诸厅皆有壁记，叙官秩创置及迁授始末。原其作意，盖欲著前政履历，而发将来健羡焉。"可知当时州县官署都有壁记。蓝田县丞崔斯立（立之），贞元四年（788）进士，很有才学，是韩愈交谊甚笃的朋友。韩愈三试吏部不中，崔斯立曾致书勉之。韩愈有《答崔立之书》及《雪后寄崔二十六丞公》诗。此壁记在为崔斯立鸣不平的同时也揭露了当时吏治的腐败和对人才的压抑。

全文三百余字，将当时官场丑恶的现象写得淋漓尽致。文笔诙谐含蓄，酷似一篇政治小品。韩愈通过崔斯立这个曾"战艺于京师"而又受过挫折的人物，委曲求全做了县丞，由于官场积弊多端，他只好无可奈何地发出微弱的叹息，最后也只好把公署当作书斋。韩愈借此为崔斯立鸣不平，也流露着对崔斯立同情、批评的情感，更希望当政者能改善这种种弊端，同时将官场这种不正常的现象写入文章，刻在壁上，韩愈用意是很深刻的。近人钱基博《韩愈志》评此文："寥寥短章，老健简明，愤激而出以诙诡，感慨而杂之萧闲，命意最旷而逸，得司马子长之神髓矣。"

与孟东野书

　　与足下别久矣，以吾心之思足下，知足下悬悬于吾也[1]。各以事牵，不可合并[2]；其于人人，非足下之为见而日与之处[3]，足下知吾心乐否也！吾言之而听者谁欤？吾唱之而和者谁欤？言无听也，唱无和也，独行而无徒也，是非无所与同也[4]，足下知吾心乐否也！

　　足下才高气清，行古道，处今世，无田而衣食，事亲左右无违[5]，足下之用心勤矣，足下之处身劳且苦矣！混混与世相浊[6]，独其心追古人而从之，足下之道，其使吾悲也。

　　去年春，脱汴州之乱[7]，幸不死，无所于归，遂来于此。主人与吾有故[8]，哀其穷，居吾于符离睢上[9]。及秋，将辞去，因被留以职事[10]，默默在此，行一年矣。到今年秋，聊复辞去，江湖余乐也，与足下终，幸矣[11]。

　　李习之娶吾亡兄之女[12]，期在后月，朝夕当来此。张籍在和州居丧[13]，家甚贫，恐足下不知，故具此白，冀足下一来相视也。自彼至此虽远⑭，要皆舟行可至，速图之，吾之望也。春且尽，时气向热⑮，惟侍奉吉庆⑯。愈眼疾比剧⑰，甚无聊，不复一一。愈再拜。

【注释】

①悬悬：放心不下，形容念念不忘。

②各以事牵，不可合并：各以自己的生计所羁绊，不能在一起。

③其于人人，非足下之为见而日与之处：人人，犹言众人。此二句意谓所见者都不是像你这样的人，而我却每天还不得已同他们相处。

④"独行而无徒也"二句：此两句针对"言无听也，唱无和也"而发，意思是说自己的见解和主张，没有人能理解和响应。

⑤事亲左右无违：事，侍奉。无违，顺从父母的意愿。语出《论语·为政》："孟懿子问孝，子曰'无违'。"此句说孟郊十分孝敬母亲。

⑥混混与世相浊：混混，浑浊。王逸《九思·伤时》："时混混兮浇饙，哀当世兮莫知。"此句伤感孟郊生活在此环境之下，不得不和世俗之人相混在一起。

⑦汴州之乱：贞元十五年（799）二月，驻在汴州的宣武军节度使董晋死了，韩愈随着灵柩离开汴州。四天

后，汴州的军兵就把留后的陆长源杀死了，所以说"汴州之乱"。汴州，今河南开封。

⑧主人与吾有故：主人，指徐州泗濠节度使张建封。有故，有旧交情。张建封与北平王马燧友善，韩愈初到京师时，曾得到过马燧的帮助。所以说与张建封也有旧交情。

⑨符离：今属安徽宿州市。睢：古水名，流经今河南睢县，下游在安徽萧县、宿州市等地，入于淮水。

⑩因被留以职事：由于受委托而任职，因此被留了下来。此指张建封聘韩愈为幕僚。

⑪终：相伴终老。幸：幸运。

⑫李习之：名翱，曾从韩愈学习古文，有《李文公集》。亡兄：指已故去的从兄韩弇。

⑬张籍：字文昌，曾任水部员外郎。故人称"张水部"。他也是位著名诗人，与韩愈、孟郊交谊甚厚。和州：今安徽省和县。

⑭彼：指孟郊当时所居之处。孟郊当时在常州。

⑮向热：渐渐地热了。

⑯侍奉吉庆：此句是对孟郊老母的祝福，意思是祝你所侍奉的人吉祥如意。

⑰眼疾：眼病。比：近来。剧：加重。

【赏读】

　　孟东野名郊，中唐著名诗人，长韩愈十七岁，与韩愈交谊甚厚，两人诗风也相近，世称"韩孟"。两人是志同道合的挚友，有至情才有至文。人生得一知己，而又不得同在一方，尤为可悲。韩愈有联句十一首，其中九首是与孟郊唱和。《送孟东野序》以及《贞曜先生墓志铭》，都是至情感人的真文章。这封信是贞元十六年（800）三月作，当时韩愈受徐州节度使张建封之聘，身为幕僚，但颇不得意，故信中有"默默在此，行一年矣"的话。"以吾心之思足下，知足下悬悬于吾也""非足下之为见而日与之处，足下知吾心乐否也""吾唱之而和者谁欤"都是感情真挚、语词恳切，出自肺腑之语。《韩昌黎文集》收录书信五十余篇，以此篇为第一。寥寥数百字，字字殷切，如画中白描法，以少少许胜多多许。曾国藩《求阙斋读书录》评此文"真气足以动千岁下之人，韩公书札不甚矜意者，其文尤至"。

应科目时与人书

　　月日，愈再拜：天池之滨[1]，大江之濆[2]，曰有怪物焉[3]。盖非常鳞凡介之品汇匹俦也[4]。其得水，变化风雨，上下于天不难也。其不及水，盖寻常尺寸之间耳[5]。无高山大陵旷途绝险为之关隔也[6]。然其穷涸不能自致乎水[7]，为獱獭之笑者[8]，盖十八九矣。如有力者哀其穷而运转之[9]，盖一举手一投足之劳也。然是物也，负其异于众也[10]，且曰：烂死于沙泥，吾宁乐之。若俯首帖耳，摇尾而乞怜者，非我之志也。是以有力者遇之，熟视之若无睹也[11]。其死其生，固不可知也。今又有有力者当其前矣，聊试仰首一鸣号焉[12]，庸讵知有力者不哀其穷[13]，而忘一举手一投足之劳而转之清波乎？

　　其哀之，命也；其不哀之，命也；知其在命而且鸣号之者，亦命也[14]。愈今者实有类于是。是以忘其疏愚之罪[15]，而有是说焉。阁下其亦怜察之。

【注释】

①天池之滨：天池，南海。《庄子·逍遥游》："南溟者，天池也。"滨，岸边。

②大江：长江。濆：水涯。

③怪物：奇异之物。《国语》称龙为水中怪物。

④盖非常鳞凡介之品汇匹俦也：常鳞凡介，指一般的鳞甲介壳动物，如蛇、龟之类。品汇，品类。匹俦，比得上。此句是说这怪物不是一般鳞甲品类所能比得上的。

⑤寻常尺寸：八尺为寻，倍寻为常。

⑥无高山大陵旷途绝险为之关隔：大陵，高丘。旷途，远途。绝险，险要隔绝。关隔，阻挡，隔离。此句是说没有什么高山峻岭远途险绝之处能够阻挡隔离。

⑦穷涸：穷困干涸。不能自致乎水：自己无法得到水。

⑧獱獭（biān tǎ）：獱，小水獭。獭，水獭，水边捕鱼为食的动物。

⑨哀：怜悯。运转：运送转徙，指从很近的地方把它移入水中。

⑩负其异于众：负，自恃。异，奇特。因己与众不同而自负。

⑪熟视之若无睹：晋代刘伶《酒德颂》："静听不闻

雷霆之声，熟视不睹泰山之形。"

⑫聊：姑且。

⑬庸讵：怎么。

⑭知其在命而且鸣号之者，亦命也：明知这取决于命运然而姑且鸣号，这恐怕也是命运所使吧。

⑮疏愚：粗疏愚昧。

【赏读】

本篇一作《与韦舍人书》，是韩愈于贞元九年（793），第二次应博学宏词科时，写给考官韦舍人的。韦舍人，姓名不详。前试不第，今试难测，于是他写了此信，目的是援引求荐。韩愈自恃才学出众，并非那些俯首帖耳、摇尾乞怜的龌龊小人，但又要炫玉求售，表达干请之意，所以采用奇诡迂回的写法，编造了一个寓言故事，并且借助这个寓言一喻到底，通篇似乎只有最后"愈今者实有类于是"一句，实写出本意，为全文落脚，把自己的意图表达出来。这种手法类似诗中的比兴，何焯《义门读书记》就说此文："难于致词，则托物以喻，此诗人比兴之道也。"本来是求人援引自己，而写来却傲岸轩昂，既淋漓地表现自己，又不让人觉得是恃才自夸，这是韩愈文章的又一独特风貌。本文在语言锤炼上也十分精到，今天还常用的成语"俯首帖耳""摇尾乞怜"

"熟视无睹"，就源于此文。

　　清人王符曾《古文小品咀华》赞其文云："风云吐于行间，珠玉生于字里。此种文，良由寝食《国策》得来。"

为人求荐书

某闻木在山，马在肆①，遇之而不顾者，虽日累千万人，未为不材与下乘也②。及至匠石过之而不睨③，伯乐遇之而不顾④，然后知其非栋梁之材、超逸之足也。以某在公之宇下非一日，而又辱居姻娅之后⑤，是生于匠石之园，长于伯乐之厩者也。于是而不得知，假有见知者千万人，亦何足云。今幸赖天子每岁诏公卿大夫贡士，若某等比咸得以荐闻⑥，是以冒进其说以累于执事⑦，亦不自量已。

然执事其知某如何哉？昔人有鬻马不售于市者⑧，知伯乐之善相也，从而求之；伯乐一顾，价增三倍⑨。某与其事颇相类，是故终始言之耳。某再拜。

【注释】

①肆：集市。

②不材：无用之木。下乘：下等的马。

③匠石过之而不睨（nì）：匠石，原特指一姓石的匠

人，出自《庄子·徐无鬼》："郢人垩漫其鼻端，若蝇翼，使匠石斫之，匠石运斤成风，听而斫之，尽垩而鼻不伤。"后指技艺高超的工匠。睨，斜视。此句意思是说匠石路过此木而对此木不屑一顾。典出《庄子·人间世》："匠石之齐，至于曲辕，见栎社树，其大蔽数千牛，絜之百围，其高临山，十仞而后有枝，其可以为舟者旁十数。观者如市。匠伯不顾，遂行不辍。弟子厌观之，走及匠石。曰：'自吾执斧斤以随夫子，未尝见材如此其美也，先生不肯视，行不辍，何邪?'曰：'已矣! 勿言之矣，散木也。以为舟则沉，以为棺椁则速腐，以为器则速毁，以为门户则液樠，以为柱则蠹，是不材之木也。'"

④伯乐遇之而不顾：伯乐，见《杂说（四）》。孙过庭《书谱》："夫蔡邕不谬赏，孙阳不妄顾者，以其玄鉴精通，故不滞于耳目也。"

⑤姻娅（yà）：翁婿。后泛指婚姻关系的亲戚。

⑥比：辈。咸：都。荐闻：指以推荐的话而相闻。

⑦冒进：冒昧引进。累：拖累，添麻烦。执事：本意是从事劳役的人员，后常用作对对方的敬称。

⑧鬻（yù）马不售于市者：鬻，出售。此句意思是卖马而没有卖出去。

⑨"伯乐一顾"二句：《战国策·燕策二》："人有卖骏马者，比三旦立市，人莫之知。往见伯乐曰：'臣有

骏马，欲卖之，比三旦立于市，人莫与言，愿子还而视
之，去而顾之，臣请献一朝之贾。'伯乐乃还而视之，去
而顾之，一旦而马价十倍。"

【赏读】

这篇短简是为某人求荐而作。虽然只有二百余字，
而笔意却十分婉转含蓄，以良木、千里马来比喻求荐者，
这样自然而然地将纳荐者比喻成运斤成风的匠石和独具
慧眼的伯乐了。而被荐者长期没能被人发现不得施展才
华，韩愈认为"未为不材与下乘"，如果一下子就被一般
人视作良木和千里马，那么，匠石也就不足称，伯乐也
不足道了。所以文章层层蓄势，曲折地写出了求荐者怀
抱利器，又称赞了纳荐者的真知灼见。

全文多用比喻，言简意长，说理透彻，胎息于《战
国策》。钱基博《韩愈志》："战国策士游说，遇不能竞
言之人，于不能竞言之事，往往突设一喻，多方晓譬，
而正意止入后瞥然一见，自然不言而喻。而愈《应科目
时与人书》《为人求荐书》及《答陈商书》皆仿其体。"
但此文背景不详，朱熹《昌黎先生集考异》："文意首尾
不甚通畅，恐尚有脱误处。"

答刘正夫书

　　愈白：进士刘君足下：辱笺①，教以所不及，既荷厚赐，且愧其诚然，幸甚幸甚！凡举进士者，于先进之门②，何所不往，先进之于后辈，苟见其至，宁可以不答其意邪？来者则接之，举城士大夫莫不皆然，而愈不幸独有接后辈名③，名之所存，谤之所归也。

　　有来问者，不敢不以诚答。或问："为文宜何师④？"必谨对曰："宜师古圣贤人。"曰："古圣贤人所为书具存，辞皆不同，宜何师？"必谨对曰："师其意不师其辞。"又问曰："文宜易宜难⑤？"必谨对曰："无难易，惟其是尔⑥。"如是而已，非固开其为此，而禁其为彼也⑦。

　　夫百物朝夕所见者，人皆不注视也，及睹其异者，则共观而言之。夫文岂异于是乎？汉朝人莫不能为文，独司马相如、太史公、刘向、扬雄为之最⑧。然则用功深者，其收名也远。若皆与世沉浮，不自树立⑨，虽不为当时所怪，亦必无后世之传也。足下家中百物，皆赖而用也，然其所珍爱者，必非常物。夫君子之于文，岂异于是乎？今后进之为文，能深探而力取之，以古圣贤人为法者，虽未必皆是，要若有司马相如、太史公、刘向、扬雄之徒出，必自于此，不自于循常之徒也。若圣人之道，不用文则已，用则必尚其能者，能者非他，能自树立，不因循者是也。有文字来，谁不为文，然其存于今者，必其能者也。顾常以此为说耳。

愈于足下，忝同道而先进者⑩，又常从游于贤尊给事⑪，既辱厚赐，又安得不进其所有以为答也？足下以为何如？愈白。

【注释】

①辱笺：指收到对方的信，是客套话。

②先进：指先成进士的人。李肇《唐国史补》卷下："进士为时所尚久矣。得第谓之前进士，互相推敬谓之先辈。"

③愈不幸独有接后辈名：《新唐书·韩愈传》："成就后进士，往往知名。"韩愈提携奖掖后进，往往招来诽谤，落下了"狂名"。所以韩愈才用这样的话来辩白。

④师：用作动词，师法。

⑤易：浅近易解。难：深奥难懂。

⑥无难易，惟其是尔：是，得当，合理。韩愈这里

认为难易不是衡量文章的标准，而是应该得当合理，符合规范。

⑦"如是而已"三句：是，与上文的"惟其是尔"之"是"意思相同。固，必须，一定。开，提倡。禁，禁止。这三句话意思是，文章能合于道理就可以，不必要片面强调必须这样而不能那样。

⑧司马相如：字长卿，西汉时著名辞赋家。太史公：即司马迁。刘向：原名更生，字子政，西汉经学家、文学家。扬雄：字子云，西汉著名的辞赋家。

⑨与世沉浮，不自树立：与世风兴衰而消长，不能自有建树。

⑩忝：谦辞，辱没。同道：指考取进士。刘正夫应试进士时，韩愈早已中了进士。所以说是同道而先进者。

⑪贤尊：对他人父亲的尊称。给事：官名，给事中的省称。此指刘正夫之父刘伯刍。刘伯刍，字素芝，官至给事中、刑部侍郎、左常侍。新、旧两《唐书》中皆有传。

【赏读】

这篇书信内容是韩愈教人如何作文。文章的主旨是"师古圣贤人""师其意不师其辞"。同时，还提出了"用功深者，其收名也远""能自树立，不因循"的主张，这些理论在今天看来也都是相当精辟的，也是韩愈本人平生为文时身体力行的信奉。清代张伯行说："此篇论文是昌黎公登峰造极之旨，曰'师其意不师其辞'，曰'无难易，惟其是尔'，曰'用功深者，其收名也远'，曰'能者非他，能自树立，不因循者是也'为文本领，何其切至，公可谓文中之圣矣！特其一身精神专用于文，而以司马相如辈为标准，故后之儒者不无遗憾云。"

本文虽然是与后生论为文之道，但毫无说教的味道。语言朴茂，比喻贴切，说理透辟。《唐宋文醇》评此文："于朴茂中独见风骨。"这封信是写给刘正夫的回信，因信末有"常从游于贤尊给事"一语，可知刘正夫当指刑部侍郎刘伯刍之子。伯刍有三子：宽夫、端夫、岩夫，而无名正夫者，何焯《义门读书记》认为"正夫疑即端夫"。

答陈商书

　　愈白：辱惠书，语高而旨深，三四读尚不能通晓①，茫然增愧赧②。又不以其浅弊无过人知识，且喻以所守，幸甚！愈敢不吐情实？然自识其不足补吾子所须也③。

　　齐王好竽④，有求仕于齐者，操瑟而往，立王之门，三年不得入，叱曰："吾瑟鼓之，能使鬼神上下，吾鼓瑟合轩辕氏之律吕⑤。"客骂之曰："王好竽而子鼓瑟，虽工，如王不好何？"是所谓工于瑟而不工于求齐也。今举进士于此世，求禄利行道于此世，而为文必使一世人不好，得无与操瑟立齐门者比软⑥？文虽工不利于求，求不得则怒且怨，不知君子必尔为不也⑦！故区区之心，每有来访者，皆有意于不肖者也⑧。略不辞让⑨，遂尽言之，惟吾子谅察。愈白。

【注释】

　　①三四读尚不能通晓：读了三四遍还没有读懂。

②愧赧（nǎn）：因羞愧而脸红。

③识：知。吾子：对对方的尊称，如同今天的"您"。所须：所需要。

④齐王好竽：齐王好竽的故事出自《韩非子·内储说上》。竽，古代一种管乐器。

⑤合：符合。轩辕氏：即黄帝。相传黄帝命伶伦造律。律吕：古代审定乐音高低分为六律和六吕，后合称律吕，作为音律的统称。

⑥得无：疑问词，岂不。

⑦不：同"否"。

⑧不肖：自称的谦辞。

⑨辞让：辞谢推让。《礼记·曲礼上》："长者问，不辞让而对，非礼也。"

【赏读】

这是韩愈给陈商的一封复信。陈商，字述圣，于元和九年（814）中进士。写此信时韩愈为国子博士，陈商尚未及第。陈商原想通过自己的文章为世人所重，借以步入仕途。于是他写信给韩愈，希望得到韩愈的引荐，可是韩愈针对他为文艰涩难懂、终不被世人所好的特点，提出了尖锐的批评并述说自己对于为文与求仕的见解。李贺曾有长诗《赠陈商》："长安有男儿，二十心已朽。

楞伽堆案前，楚辞系肘后。人生有穷拙，日暮聊饮酒。只今道已塞，何必须白首。凄凄陈述圣，披褐锄俎豆。学为尧舜文，时人责衰偶。……"

连李贺这样用词喜诡奇险怪的诗人，都这样说陈商，可见其文不为当时人所好，还自以为有胜人之处。韩愈读他的来信时，也说"三四读尚不能通晓"，恐怕陈商的文章不是艰深而更多是浅弊。

本文虽仅二百余字，但语词锐利简洁，行文婉曲而奇，又善于取譬，"操瑟""立王之门"是韩愈自己编造的故事，以此来作喻，十分贴切，足见韩愈驾驭文字的功力。清人张裕钊评此文说："似《国策》，得其机趣，而无剑拔弩张之态。修辞亦文事之最要，如此等文，固是意奇，其辞尤足以副之也。"又说："昌黎书诸短篇，道古而波折，自然简峻，而规模自宏，最有法度，转换变化处更多。学韩者宜从此等入。"

与鄂州柳中丞书

淮右残孽^①，尚守巢窟，环寇之师^②，殆且十万，瞋目语难^③。自以为武人，不肯循法度，颉颃作气势^④，窃爵位自尊大者，肩相磨地相属也^⑤，不闻有一人援桴鼓誓众而前者^⑥，但日令走马来求赏给，助寇为声势而已。

阁下书生也，《诗》《书》《礼》《乐》是习，仁义是修，法度是束。一旦去文就武，鼓三军而进之，陈师鞠旅^⑦，亲与为辛苦，慷慨感激，同食下卒，将二州之牧以壮士气^⑧，斩所乘马以祭踶死之士^⑨，虽古名将，何以加兹！此由天资忠孝，郁于中而大作于外^⑩，动皆中于机会^⑪，以取胜于当世。而为戎臣师^⑫，岂常习于威暴之事，而乐其斗战之危也哉？

愈诚怯弱，不适于用，听于下风^⑬，窃自增气，夸于中朝稠人广众会集之中^⑭，所以羞武夫之颜，令议者知将国兵而为人之司命者^⑮，不在彼而在此也。

临敌重慎，诚轻出入，良食自爱^⑯，以副见慕之徒之心，而果为国立大功也。幸甚，幸甚！不宣。愈再拜。

【注释】

①淮右残孽：指盘踞淮西的叛军吴元济。

②环寇之师：环，包围。指朝廷派去平叛的军队。

③瞋（chēn）目语难（nàn）：瞋目，瞪大眼怒视。语难，出语责难。形容蛮横无理。语出《庄子·说剑》："庶人之剑，蓬头突鬓垂冠，曼胡之缨，短后之衣，瞋目而语难。"

④颉颃（xié háng）：倔傲。夏侯湛《东方朔画赞》："苟出不可以直道也，故颉颃以傲世。"

⑤肩相磨地相属：肩相磨（摩），指人很多，相互肩摩。《战国策·齐策》："临淄之途，车毂击，人肩摩。"相属，相连。此句说两军相距很近。

⑥援枹（fú）鼓：枹，鼓槌。击鼓以示进军。《左传·成公二年》："右援枹而鼓。"

⑦陈师鞠旅：语出《诗经·小雅·采芑》："钲人伐鼓，陈师鞠旅。"陈列军队誓告讨伐，此指带兵讨伐。

⑧二州：指鄂州、岳州。牧：一州的长官。

⑨斩所乘马以祭踶（dì）死之士：踶，踢。柳公绰的马曾将喂养马的人踢死了，柳遂命将自己的马杀了以

祭被踢死的人，他的下属劝阻他不要杀了这匹良马，但柳坚决要杀这匹心爱之马。《旧唐书·柳公绰传》记载此事，但时间上略有出入。

⑩郁于中而大作于外：此句意思是平日积蓄于胸中，用时才能大有作为。

⑪动皆中于机会：每次行动都击中敌人的要害。

⑫戎臣师：将士们的榜样。

⑬下风：自谦下位。《左传·僖公十五年》："晋大夫三拜稽首曰：'君履后土而戴皇天，皇天后土，实闻君之言，群臣敢在下风。'"

⑭中朝：朝中。

⑮将国兵而为人之司命者：将，率领。司命，掌握百姓性命，《孙子·作战》："故知兵之将，生民之司命，国家安危之主也。"

⑯"临敌重慎"三句：此三句勉励其珍重谨慎。

【赏读】

唐宪宗元和九年（814）淮西节度使吴少阳死，其子吴元济袭位不遂，自领军务，割据一方对抗朝廷，构成当时重大的政治事件。朝廷曾发兵十六道讨伐，但由于朝廷腐败，讨逆不利，翌年二月，诏鄂州刺史、鄂岳观察使柳公绰领鄂岳兵五千人隶属安州刺史李听率赴行营。

柳公绰云："朝廷以吾儒生不知兵邪？"请愿自征，朝廷许之。领命后，他引兵渡江，如古之名将，每战辄胜。韩愈闻之十分振奋，连续写了两封信给柳公绰，此是第一封信。

柳公绰，字宽，自御史中丞出为湖南观察使，后徙鄂岳观察使。与其弟柳公权及公绰之子柳仲郢，称为"柳氏三杰"。柳氏治家甚严，有《柳氏家训》一书传世。柳公绰本是一介书生，一旦去文就武，能"亲与为辛苦"，如古之名将，令贼寇丧胆，儒者吐气，使朝野刮目。韩愈此文气势浑厚，如河决而东注。文重以气行，此虽为歌颂之作，然受者足以当之，非一味贡谀之类。清代刘大櫆说此文："奔泻苍古，似西汉。"钱基博《韩愈志》："与柳中丞两书，慨当以慷，虽未沉郁而极顿挫。"

再与鄂州柳中丞书

　　愈愚不能量事势可否，比常念淮右以靡弊困顿三州之地①，蚊蚋蚁虫之聚②，感凶竖煦濡饮食之惠③，提童子之手坐之堂上，奉以为帅④，出死力以抗逆明诏，战天下之兵；乘机逐利，四出侵暴，屠烧县邑，贼杀不辜，环其地数千里莫不被其毒。洛、汝、襄、荆、许、颍、淮、江为之骚然⑤。丞相、公卿、士大夫，劳于图议；握兵之将、熊罴貙虎之士⑥，畏懦蹙踏⑦，莫肯杖戈为士卒前行者；独阁下奋然率先，扬兵界上，将二州之守，亲出入行间，与士卒均辛苦，生其气势。见将军之锋颖凛然，有向敌之意；用儒雅文字章句之业⑧，取先天下武夫⑨，关其口而夺之气。愚初闻时方食，不觉弃匕箸起立⑩。岂以为阁下真能引孤军单进，与死寇角逐，争一旦侥幸之利哉？就令如是，亦不足贵；其所以服人心，在行事适机宜⑪，而风采可畏爱故也。是以前状辄述鄙诚⑫，眷惠手翰还答⑬，益增欣悚⑭。

夫一众人心力耳目⑮，使所至如时雨⑯，三代用师⑰，不出是道。阁下果能充其言⑱，继之以无倦，得形便之地，甲兵足用，虽国家故所失地，旬岁可坐而得⑲；况此小寇，安足置齿牙间？勉而卒之，以俟其至，幸甚！夫远征军士，行者有羁旅离别之思⑳，居者有怨旷骚动之忧㉑，本军有馈饷烦费之难，地主多姑息形迹之患㉒；急之则怨，缓之则不用命；浮寄孤悬㉓，形势销弱㉔，又与贼不相谙委㉕，临敌恐骇，难以有功。若召募土人㉖，必得豪勇，与贼相熟，知其气力所极㉗，无望风之惊，爱护乡里，勇于自战。征兵满万，不如召募数千㉘。阁下以为何如？倘可上闻行之否㉙？

计已与裴中丞相见㉚，行营事宜，不惜时赐示及，幸甚！不宣。愈再拜。

【注释】

①比常念淮右以靡弊困顿三州之地：比，近来。靡弊困顿，衰敝劳困。三州，指申州（今河南信阳一带）、光州（今河南潢川一带）、蔡州（今河南汝南一带）。三州皆为淮西管辖。此句是说吴元济占据淮西之地抗拒朝廷。

②蚋（ruì）：蚊子一类的昆虫。

③凶竖：指吴元济及其父吴少阳。煦（xǔ）濡饮食

之惠：煦濡，语出《庄子·天运》："相煦以湿，相濡以沫。"指衣食温饱的小恩小惠。

④奉以为帅：吴少阳死时，吴元济二十二岁。其下属董重质等奉之以为帅对抗朝廷，引兵屠舞阳，焚叶县，攻掠襄城等。汝州、许州及阳翟人多逃伏山谷间，其为驱剽者千余里，关东大恐。见《旧唐书·吴少诚传（附吴元济传）》。故下文说"环其地数千里莫不被其毒"。

⑤淮：淮夷，今淮水流域一带。江：江州。骚然：骚扰。

⑥熊罴貙（chū）虎之士：罴，熊的一种。貙，猛兽，状如狐狸。指勇猛将士。

⑦蹙（cù）蹜（sù）：畏缩不前。

⑧文字章句之业：指作文章之事。

⑨取先：超过，胜过。

⑩弃匕箸：匕，匙勺。箸，筷子。《三国志·蜀书·先主传》："曹公从容谓先主曰：'今天下英雄，唯使君与操耳。本初之徒，不足数也。'先主方食，失匕箸。"

⑪行事：指临敌作战之事。

⑫是以：因此。前状：指前一封信，即《与鄂州柳中丞书》。鄙诚：自己的诚意，此是自谦之词。

⑬眷惠手翰还答：手翰，书信。指接到柳公绰的回信。

⑭欣悚：高兴和恐惧。

⑮一众人心力耳目：一，统一。此句意思是众人同心协力。

⑯使所至如时雨：《荀子·议兵》："仁人之兵，所存者神，所过者化，若时雨之降，莫不说喜。"

⑰三代：指夏、商、周三代。用师：用兵。

⑱充其言：实现所说的誓言。

⑲旬岁：一年。

⑳行者：指出行的征夫。羁旅离别：指离乡背井旅居他乡。

㉑居者：指在家乡的亲人。怨旷：指受战乱之苦而不能成家的旷男怨女。《孟子·梁惠王下》："内无怨女，外无旷夫。"

㉒地主：当地的主人。姑息形迹：过于宽容迁就士兵的举止。

㉓浮寄：指飘泊在外的士兵，就"行者"而言。孤悬：指孤独在家的亲人，就"居者"而言。

㉔形势销弱：指会削弱有利形势，使士兵士气低落。

㉕谙（ān）委：熟悉。

㉖土人：当地人。

㉗知其气力所极：知道、了解敌军的力气所能达到的限度。

㉘ "征兵满万"二句：韩愈《论淮西事宜状》："诸道发兵或二三千人，势力单弱，羁旅异乡，与贼不相谙委，望风慑惧，难便前进。……今闻陈、许、安、唐、汝、寿等州，与贼界连接处，村落百姓悉有兵器，小小俘劫，皆能自防，习于战斗，识贼深浅。既是土人护惜乡里，比来未有处分，犹愿自备衣粮，共相保聚，以备寇贼，若令召募，立可成军。若要添兵，自可取足。贼平之后，易使归农。"正与此几句之意相合。

㉙倘：或许。上闻：向上级报告申请。

㉚裴中丞：指裴度。元和十年（815），裴度以御史中丞之职视察淮西前线。后被提升为中书侍郎同平章事，主持战事。元和十二年（817），因都统韩弘抱着观望的态度，督战不力，裴度主动请求到前线指挥作战，唐宪宗改任他为门下侍郎同平章事淮西宣慰处置使兼彰义军节度使。他对平叛淮西战役有重大的作用，韩愈《平淮西碑》中盛赞其功。

【赏读】

这是韩愈写给与叛军作战的柳中丞的第二封信。前封信是赞柳中丞一介书生能如古之名将般勇猛，一赞到底。而因得柳中丞复书，以己之见与之商榷征兵与招募互较一番。韩愈《论淮西事宜状》所陈数则讨贼建议，亦申此说。本意主要是建议柳公绰"召募土人",但是为了避免产生"出位言事"之嫌,有意将此建议放在篇末来谈,而大篇文字仍旧像第一封那样赞颂柳公绰治军和奋勇向前,这些颂扬文字,亦绝非泛泛之言。首先写淮西叛军的嚣张气焰和罪恶行径,随之揭露朝廷的文臣武将或"劳于图议",或"畏懦蹙蹜",然后,以极敬佩的口吻来称赞柳公绰"奋然率先,扬兵界上"的英雄气概,从而申述了第一封信中尚未尽致的崇敬。

此文气势恢宏,慨当以慷,逐字逐句着意锤炼,造语精妙,读之铿锵。清代蔡世远《古文雅正》评此文说:"公此篇古劲雄健,字经追琢而出,效西汉而无其迹。进策亦足觇经济。"

卷三 写人记物

其石谷曰『谦受之谷』，
瀑曰『振鹭之瀑』，
谷言德，
瀑言容也。

圬者王承福传①

圬之为技，贱且劳者也。有业之②，其色若自得者③。听其言，约而尽④。问之，王其姓，承福其名，世为京兆长安农夫⑤。天宝之乱⑥，发人为兵，持弓矢十三年，有官勋⑦，弃之来归，丧其土田，手镘衣食⑧，余三十年。舍于市之主人⑨，而归其屋食之当焉⑩，视时屋食之贵贱，而上下其圬之佣以偿之⑪，有余，则以与道路之废疾饿者焉。

又曰：粟，稼而生者也；若布与帛，必蚕绩而后成者也；其它所以养生之具⑫，皆待人力而后完也；吾皆赖之。然人不可遍为，宜乎各致其能以相生也⑬。故君者，理我所以生者也⑭；而百官者，承君之化者也⑮。任有大小，惟其所能，若器皿焉⑯。食焉而怠其事，必有天殃⑰，故吾不敢一日舍镘以嬉。夫镘易能，可力焉，又诚有功；取其直⑱，虽劳无愧，吾心安焉。夫力易强而有功也，心难强而有智也⑲。用力者使于人，用心者使人⑳，亦其宜也。吾特择其易为而无愧者取焉。嘻！吾操镘以入贵富之家有年矣，有一至者焉，又往过之，则为墟矣；有再至三至者焉，而往过之，则为墟矣。问之其邻，或曰：噫！刑戮也。或曰：身既死，而其子孙不能有也。或曰：死而归之官也。吾以是观之，非所谓食焉怠其事，而得天殃者邪！非强心以智而不足，不择其才之称否，而冒之者邪㉑！非多行可愧㉒，知其不可，而强为之者邪！将贵富难守，薄功而厚飨之者邪㉓！抑丰悴有时㉔，一去一来，而不可常者邪！吾之心悯焉，是故择其力之可能者行焉。乐富贵而悲贫贱，我岂异于人哉！

又曰：功大者，其所以自奉也博。妻与子皆养于我者也，吾能薄而功小，不有之可也。又吾所谓劳力者，若立吾家而力不足，则心又劳也。一身而二任焉，虽圣者不可能也㉕。

愈始闻而惑之，又从而思之，盖贤者也。盖所谓独善其身者也㉖。然吾有讥焉，谓其自为也过多，其为人也过少，其学杨朱之道者邪㉗？杨之道，不肯拔我一毛而利天下，而夫人以有家为劳心，不肯一动其心，以蓄其妻子㉘，其肯劳其心以为人乎哉！虽然，其贤于世之患不得之而患失之者㉙，以济其生之欲，贪邪而亡道以丧其身者㉚，其亦远矣！又其言有可以警余者，故余为之传而自鉴焉㉛。

【注释】

①圬者：泥瓦工。圬，抹刷墙壁。

②业之：以此为职业。

③其色若自得者：自己神色很满足。

④约而尽：简约而详尽。

⑤京兆长安：京兆，府名。唐时长安（今陕西西安）属京兆府，故称"京兆长安"。

⑥天宝之乱：天宝，唐玄宗李隆基的年号。天宝十四载（755），边将安禄山、史思明起兵叛唐，前后共达九年之久，史称"安史之乱"。

⑦有官勋：官职勋级。唐制官有九品，勋有十二级。

⑧手镘（màn）衣食：镘，泥瓦工用的抹子，在此用作动词。此句意思是以抹墙刷壁养活自己。

⑨舍：居住。市之主人：在此有"雇主"的意思。

⑩屋食之当：屋，指房钱。食，饭钱。当，相当。指与房租饭费相当的钱。

⑪"视时屋食之贵贱"二句：佣，指工钱。偿之，指付房钱、饭钱。随着房钱、饭钱的高低，增减自己的工钱来支付房钱、饭钱。

⑫养生之具：人们赖以生存的手段。

⑬各致其能以相生：致，尽。每人都尽自己的能力

去劳动，相互协作以求生存。

⑭"故君者"二句：君，指皇帝。理，同"治"，唐人避高宗李治的名讳，用"理"代"治"。此句意思是皇帝治理人民，使人民得以生存。

⑮承君之化：奉行皇帝的教化。

⑯"任有大小"三句：承担的工作有大有小，只能根据自己的能力，就像器皿有大小之不同。

⑰"食焉而怠其事"二句：只是白吃饭而又懒怠于做事，上天必定要降给他祸殃。

⑱直：同"值"，指工钱。

⑲"夫力易强而有功也"二句：力，指体力劳动。心，指脑力劳动。强，勉力、努力。此二句意思是体力劳动的事肯下力气去做就能收到功效，脑力劳动的事却很难只凭下力气就做得好。

⑳"用力者使于人"二句：使于人，被人使用。使人，使用别人。此两句与《孟子·滕文公》"劳心者治人，劳力者治于人"意思相同。

㉑"不择其才之称（chèn）否"二句：称，相称，相当。冒，冒进。此二句意思是不管自己的才能是否相称，而一味冒进。

㉒多行可愧：尽做一些对内心有愧的事。

㉓薄功而厚飨：飨，享受。功劳很微薄而享受却

丰厚。

㉔丰：丰盛，在此指家境昌盛。悴：悴贱，在此指家境衰落。

㉕"一身而二任焉"二句：二任，指劳心兼劳力。圣者，圣哲之人。此二句意思是一人既要劳力又要劳心，即使是圣哲之人也不可能做到。

㉖独善其身：洁身自爱，在此是只顾自己的意思。语出《孟子·尽心》："达则兼济天下，穷则独善其身。"

㉗杨朱：字子居，又称杨子，战国时魏国人，主张"为我"说，《孟子》中说他"拔一毛利天下不为也"。

㉘蓄：养活。妻子：妻与子女。

㉙其贤于世之患不得之而患失之者：患不得之患失之，出自《论语·乡党》："其未得之也，患得之；既得之，患失之。"此句意思是，比世上那些贪求富贵患得患失的人强得多。

㉚亡道：亡，同"无"。做事越出规矩，指胡作非为。

㉛自鉴：自己对照检视自己。

【赏读】

此文是韩愈为一名普通的体力劳动者——圬者（泥瓦匠）所写的传。在当时圬者之业被视为贱业，为封建士大夫所不齿，而韩愈肯为之传述，这一点就十分可贵。

文中通过一名普通劳动者之口，称赞了凭双手劳动自食其力的劳动者的"吾心安焉"，鞭挞了那些"食焉而怠其事"的剥削者，并说他们"必有天殃"。林云铭《韩文起》："王承福本有官勋，不难致身富贵。其所以弃之而业圬者，自度其能不足以任其事，故宁为贱且劳，自食其力，博得一个心安无愧而已。此即不处富贵，不去贫贱一副大本领也。若仕宦人肯存是念，必能为清官，必能为劳臣，致君泽民之道，尽于此矣。"深得此文之奥。

本篇虽名曰"传"，其实，更具政治性及儒家思想。从结构上看，可分为四段。第一段王承福自述其身世及经历。第二段则借王承福之口，表达对"用力者使于人，用心者使人"，即《孟子》"劳心者治人，劳力者治于人"的社会分工的看法，以及富贵瞬变的慨叹。第三段自述其安于自命。最后一段是韩愈对王承福的人生态度评论，也是本文的主旨。这四段文字，环环相扣，顺理成章。

《金圣叹评点才子古文》说此文"发出人生世间无数至理，却又无叫骂嬉笑之态"。张伯行《重订唐宋八大家文钞》评说此文亦得其旨："借圬者目中口中写出盈虚消息，真如清夜钟声，令人警省。通篇抑扬错落，尽文字之趣，谓非韩文之佳，似未深知文者也。"

太学生何蕃传

太学生何蕃，入太学者廿余年。岁举进士，学成行尊，自太学诸生推颂不敢与蕃齿①，相与言于助教、博士②，助教、博士以状申于司业、祭酒③，司业、祭酒撰次蕃之群行焯焯者数十余事④，以之升于礼部⑤，而以闻于天子。京师诸生以荐蕃名文说者，不可选纪⑥。公卿大夫知蕃者比肩立⑦，莫为礼部⑧；为礼部者，率蕃所不合者⑨，以是无成功⑩。

蕃，淮南人⑪，父母具全，初入太学，岁率一归，父母止之；其后间一二岁乃一归，又止之，不归者五岁矣。蕃，纯孝人也，闵亲之老不自克⑫，一日，揖诸生归养于和州⑬，诸生不能止，乃闭蕃空舍中，于是太学六馆之士百余人⑭，又以蕃之义行言于司业阳先生城⑮，请谕留蕃，于是太学阙祭酒⑯，会阳先生出道州⑰，不果留。

欧阳詹生言曰⑱："蕃，仁勇人也。"或者曰："蕃居太学，诸生不为非义，葬死者之无归，哀其孤而字焉^⑲。惠之大小，必以力复^⑳，斯其所谓仁欤！蕃之力不任其体，其貌不任其心^㉑，吾不知其勇也。"欧阳詹生曰："朱泚之乱^㉒，太学诸生举将从之，来请起蕃，蕃正色叱之，六馆之士不从乱^㉓，兹非其勇欤！"

惜乎！蕃之居下，其可以施于人者不流也。譬之水，其为泽，不为川乎？川者高，泽者卑，高者流，卑者止。是故蕃之仁义，充诸心，行诸太学，积者多，施者不遐也^㉔。天将雨，水气上，无择于川泽涧溪之高下^㉕，然则泽之道其亦有施乎！抑有待于彼者欤^㉖！故凡贫贱之士必有待，然后能有所立^㉗，独何蕃欤！吾是以言之，无亦使其无传焉。

【注释】

①自太学诸生推颂不敢与蕃齿：推颂，推重赞扬。齿，并列。此句意思是太学生们都推重赞扬何蕃，不敢与之并列。

②助教：协助祭酒、博士教授学生的官。博士：主管教授生徒的官。

③状：事状，叙述某人的事迹。司业：管理太学行政的副长官。祭酒：管理行政的正长官。

④撰次：按次编写。焯焯：显著。

⑤以之升于礼部：礼部，官署名，主管选拔考试。

把他的事迹上报给礼部。

⑥"京师诸生"二句：名，名目，题目。文，文章。说，口头讲。不可选纪，数不胜数，极言其多。此二句的意思是京师里以推荐何蕃为名目的文章和口述的内容不可胜计。

⑦知蕃者比肩立：知，了解。比肩立，并肩站立。此句意思是了解何蕃的人比肩排列得很多很多。

⑧莫为礼部：没有在礼部任职的。

⑨率：都，全。

⑩无成功：指没能考中进士。

⑪淮南：淮河以南。唐设淮南道。

⑫闵亲之老不自克：闵，怜悯，悲伤。克，克制。此句意思是怜悯双亲年老之情不能克制。

⑬揖：拜别。归养：回乡侍奉双亲。和州：治今安徽和县，唐属淮南道。

⑭六馆：指国子馆、太学馆、四门馆、律馆、书馆、算馆。

⑮阳先生城：阳城，字亢宗。以敢谏著名，曾与王仲舒等上疏力阻裴延龄为相。当时为国子司业。

⑯于是：正在这时候。阙：缺。

⑰会阳先生出道州：会，正值。此句意思是又正值阳城出任道州刺史。

⑱欧阳詹：字行周，见《欧阳生哀辞》。当时任四门馆助教。

⑲"葬死者之无归"二句：归，归宿，依靠。字，抚养。帮助一些死而无人管的人入葬，扶养那些无人管的孤儿。此两句表明何蕃仁义的事迹。

⑳"惠之大小"二句：指受人的恩惠，不论大小，都要尽自己的最大力量去报答。

㉑"蕃之力不任其体"二句：此二句是说他身单力薄而心力很强，恐有所担任不了。是对何蕃为人"勇"的怀疑，认为他身体、容貌与心力不相称。

㉒朱泚之乱：德宗（李适）建中四年（783）十月泾原兵被命东征，过长安，以食劣无赏哗变，奉朱泚为主。朱泚于是称皇帝，国号秦，建元应天。翌年，更国号曰汉，改元元皇，自号汉元天皇，同年四五月间，朱泚兵败并为其下所杀。

㉓"蕃正色叱之"二句：黄震《黄氏日钞》："《何蕃传》载朱泚之乱，蕃一正色，而六馆无从乱者。"

㉔施者不退：所施的不广远。此句是说何蕃虽仁勇，然只"行诸太学"，影响面不大，知道的人不多。

㉕"天将雨"三句：无择，不分。高下，指处于高处和低处的水。此三句意思是天将下雨，水汽蒸腾，无论是川中流动的水，还是泽中静止的水，都能化为云雨。

㉖抑有待于彼者：彼，代指必要的条件。还是要有一定的条件。

㉗"故凡贫贱之士必有待"二句：贫贱之士也必须等待一定的时机或条件，而后才能发挥自己的才干，建功立业。

【赏读】

太学，是国家设立的大学，当时分为：国子馆、太学馆、四门馆、律馆、书馆和算馆，太学是统称，学生都可称为太学生。

此文是为太学生何蕃鸣不平。何蕃在太学二十余年，学成行尊，是一位仁勇之人，受到太学诸生及公卿大夫的称颂和推荐，但他却不遇于时，最后连一个进士也未能中，韩愈对之表示极大同情和惋惜。

文章开始一段就为何蕃鸣不平，痛斥压抑人才的现象。随后，第二、三两段文字描写何蕃至孝仁勇而才又不得伸展，读来让人顿生怜悯之心。最后又以川、泽之水作比，突出了本文"贫贱之士必有待，然后能有所立"的主题，分外精彩。程端礼《昌黎文式》评此文"前后顿挫起伏，意悠长而文波澜"，是深得其旨的。

毛颖传

　　毛颖者，中山人也①。其先明眎②，佐禹治东方土，养万物有功③，因封于卯地，死为十二神④。尝曰："吾子孙神明之后，不可与物同。当吐而生⑤。"已而果然。明眎八世孙䶉⑥，世传当殷时居中山，得神仙之术，能匿光使物⑦，窃姮娥，骑蟾蜍入月⑧，其后代遂隐不仕云。居东郭者曰䨲⑨，狡而善走，与韩卢争能⑩，卢不及，卢怒，与宋鹊谋而杀之⑪，醢其家⑫。

　　秦始皇时，蒙将军恬南伐楚⑬，次中山⑭，将大猎以惧楚，召左右庶长与军尉⑮，以《连山》筮之⑯，得天与人文之兆⑰，筮者贺曰："今日之获，不角不牙⑱，衣褐之徒⑲，缺口而长须，八窍而趺居⑳，独取其髦㉑，简牍是资㉒，天下其同书，秦其遂兼诸侯乎！"遂猎，围毛氏之族，拔其豪，载颖而归，献俘于章台宫㉓，聚其族而加束缚焉。秦皇帝使恬赐之汤沐㉔，而封诸管城㉕，号曰"管城子"，日见亲宠任事。

　　颖为人，强记而便敏㉖，自结绳之代以及秦事㉗，无不纂录。阴阳、卜筮、占相、医方、族氏、山经、地志、字书、图画、九流、百家、天人之书㉘，及至浮图、老子、外国之说㉙，皆所详悉。又通于当代之务，官府簿书、市井货钱注记㉚，惟上所使。自秦皇帝及太子扶苏、胡亥、丞相斯、中车府令高㉛，下及国人，无不爱重。又善随人意，正直、邪曲、巧拙，一随其人。虽见废弃，终默不泄㉜。惟不喜武士，然见请，亦时往。累拜中书令㉝，与上益狎，上尝呼为"中书君"。上亲决事，以衡石自程㉞，虽宫人不得立左右，独颖与执烛者常侍，上休方罢。颖与绛人陈玄、弘农陶泓及会稽褚先生友善㉟，相推致㊱，其出处必偕㊲。上召颖，三人者，不待诏辄俱往，上未尝怪焉。

　　后因进见，上将有任使，拂拭之㊳，因免冠谢。上见其发秃，又所摹画不能称上意，上嘻笑曰："中书君，老而秃，不任吾用。吾尝谓君中书，君今不中书邪！"对曰："臣所谓尽心者㊴。"因不复召，归封邑，终于管城。其子孙甚多，散处中国夷狄，皆冒管城㊵，惟居中山者，能继父祖业。

　　太史公曰㊶：毛氏有两族，其一姬姓，文王之子，封于毛，所谓鲁、卫、毛、聃者也㊷。战国时有毛公、毛遂㊸。独中山之族不知其本所出，子孙最为蕃昌。《春秋》之成，见绝于孔子㊹，而非其罪。及蒙将军拔中山之豪，始皇封诸管城，世遂有名，而姬姓之毛无闻。颖始以俘见，卒见任使，秦之灭诸侯，颖与有功^㊺，赏不酬劳，以老见疏，秦真少恩哉^㊻！

【注释】

①"毛颖者"二句：毛颖，毛笔的别名，文中借作人名。中山，战国时国名，在今河北省定州市一带。中山以产紫毫毛笔出名，紫毫即兔毫。蔡邕《笔论》："若迫于事，虽中山兔毫不能佳也。"

②明眎（shì）：兔的别名。《礼记·曲礼下》："兔曰明眎。"

③"佐禹治东方土"二句：佐，辅助。东方土，十二地支之卯位在东方，卯属兔，故言。下文中卯地亦指东方。四时之中，春的位置亦在东方，春天万物生，所以说"养万物有功"。

④十二神：指十二生肖，如子鼠、丑牛、寅虎、卯兔。

⑤当吐而生：《论衡·奇怪》："兔吮毫而怀子，及其子生，从口而出。"这是古时一种不科学的传说。

⑥蟟（nóu）：兔子。《广韵》："蟟，兔子。"

⑦匿光使物：隐形于日光中使人看不见并驱使人鬼。

⑧窃姮娥，骑蟾蜍入月：姮娥，即嫦娥。传说后羿向西王母求得不死之药，其妻姮娥偷吃后奔入月中。《淮

南子·览冥训》："羿请不死之药于西王母，姮娥窃以奔月。"月中有蟾蜍亦是神话传说，《初学记·天部上》引《五经通义》："月中有兔，与蟾蜍并，月阴也；蟾蜍阳也，而与兔并明，阴系于阳也。"

⑨夋（jùn）：狡兔。《新序·杂事》："齐有良兔曰东郭夋，盖一旦而走五百里。"

⑩与韩卢争能：韩卢，韩国的良犬，郑玄注《礼记·少仪》："守犬、田犬问名，畜养者当呼之名，谓若韩卢、宋鹊之属。"又称韩子卢。东郭夋与韩卢争能的故事，见于《战国策·齐策》："淳于髡谓齐王曰：'韩子卢者，天下之疾犬也，东郭逡（同夋）者，海内之狡兔也。韩子卢逐东郭逡，环山者三，腾山者五，兔极于前，犬废于后，犬兔俱罢，各死其处。'"《战国策》中此则寓言与本文略有不同。

⑪宋鹊：宋国的良犬名。《广雅》："韩卢、宋鹊，犬属。"

⑫醢（hǎi）：肉酱。此处用作动词，剁成肉酱。

⑬蒙将军恬：蒙恬，秦朝名将。相传为毛笔的发明者。

⑭次：停留。中山国为赵所灭，秦王政十九年灭赵，二十一年伐楚，当时秦自中山移兵伐楚，所以上文说"南伐楚"。

⑮左右庶长：即左庶长、右庶长，秦代官爵名。军

尉：武官名。

⑯《连山》：夏朝占卦之书，与殷之《归藏》、周之《周易》，统称"三易"。筮：用蓍草卜卦。

⑰天与人文：天文和人文，指自然现象和人文变化。《易经·贲》："观乎天文以察时变，观乎人文以化成天下。"兆：卦兆，卦象。

⑱不角不牙：兔不生角，也无犬齿。

⑲衣褐之徒：褐，粗毛麻的衣服，普通百姓的服装。此指全身有毛的兔子。

⑳八窍：相传兔全身共八个窍孔。《埤雅》："咀嚼者，九窍而胎生，独兔雌雄八窍。"跧居：盘腿蹲踞，此指兔坐立时，盘起后腿坐其上。

㉑氂：毛中长毫。引申为同辈中不群者。

㉒简牍：书写用的竹简和木板。资：依靠，凭借。

㉓章台宫：秦宫殿名。

㉔汤沐：汤，热水。沐，洗发。古时候诸侯朝见天子，事前要沐浴斋戒以表虔敬；后来指天子赐给诸侯的以供"沐浴之资"的封地为汤沐邑。此也指制笔过程中，将兔毛用热水洗净。

㉕管城：县名。周时管叔的封地，在今河南郑州。下文的"管城子"是以封号的形式来指笔，后来成了笔的别名。

㉖强记：记忆力强。便敏：便利敏捷。

㉗结绳之代：指远古无文字用结绳来记事的时代。《周易·系辞》："上古结绳而治。"

㉘阴阳：指阴阳家之书。卜筮：指占卜的书。占相：指相面的书。医方：指医药的书。族氏：指族谱之类的书。山经：地理方面的书。地志：方志之类的书。字书：文字之类的书。图画：指图册之类的书。九流：指儒、墨、名、法、道、阴阳、纵横、农、杂等九流，或泛指各流派。百家：指诸子百家。天人之书：天道人事之书，泛指图书。

㉙浮图：梵语，在此指佛教。

㉚官府簿书：官府的文件和簿册。货钱注记：货物钱财的账簿。

㉛秦皇帝：秦始皇。扶苏：秦始皇长子。胡亥：秦始皇少子，即秦二世。丞相斯：秦始皇丞相李斯。中车府令：官名，掌管皇帝乘舆之事的官。高：指赵高。

㉜终默不泄：默，沉默不语。泄，泄露。始终沉默而不泄露曾书写过的内容。

㉝累拜：依次升迁。中书令：官名。原为主文书奏章，后掌管机密大政，至唐为中书省的长官，官位极高。这里与下文中的"中书君"皆为双关语，表示可以用来书写的意思。后来，"中书君"成了笔的别名。

㉞以衡石自程：衡，秤。石，一百二十斤为一石。程，限度。《史记·秦始皇本纪》："天下之事无大小，皆决于上，上至以衡石量书，日夜有呈（同程），不中呈，不得休息。"

㉟绛人陈玄：指墨。唐时绛州（治所在今山西绛县）贡墨。墨以陈旧为佳，故拟其姓陈。弘农陶泓：指砚。唐时虢州弘农（今河南灵宝）贡瓦砚，瓦砚是用陶土烧的，故拟姓陶，砚中盛水，故取名泓。会稽褚先生：指纸。唐时越州会稽（今浙江绍兴）贡纸，纸以楮木为原材料，故拟称褚先生。

㊱相推致：相互推荐招引。

㊲出处：出仕或退隐。这里指笔、墨、纸、砚的使用与搁置。必偕：必定在一起。

㊳拂拭：擦拭。表示受到皇上的恩宠。

㊴尽心：竭尽心力。语带双关，指笔中心的毛用尽了。

㊵冒：假冒，冒称。

㊶太史公：司马迁在《史记》中的自称。本文仿效《史记》人物传记之体，因此篇末也加"太史公曰"，借以补充正文之不足，并抒发议论。

㊷"其一姬姓"四句：姬，周部族的姓。毛，周朝初年所封诸侯国名，周文王第八个儿子名郑，封于此。

鲁、卫、毛、聃，都是周朝所封的诸侯国。《左传·僖公二十四年》："昔周公吊二叔之不咸。故封建亲戚从蕃屏周。管、蔡、郕、霍、鲁、卫、毛、聃、郜、雍、曹、滕、毕、原、酆、郇，文之昭也。"杜预注："十六国，皆文王之子也。"

㊸毛公：赵国隐士，后为魏国信陵君门客，事见《史记·魏公子列传》。毛遂：赵国平原君门客，曾自荐于平原君，说服楚王出兵援赵攻秦，事见《史记·平原君虞卿列传》。

㊹《春秋》之成：孔子作《春秋》，绝笔于"获麟之年"（鲁哀公十四年，即公元前481年），孔子叹道："吾道穷矣！"孔子写成《春秋》之后，毛笔就被孔子废弃不用了。

㊺"秦之灭诸侯"二句：秦灭诸侯毛颖也有功劳。

㊻秦真少恩哉：奖赏不抵其功劳，今又因老而见弃，所以说秦王朝对待毛颖一族太少恩德了。

【赏读】

此文采用寓言形式为毛笔立传。兼用双关和拟人手法，加之想象离奇，多设幻为文，林纾《韩柳文研究法》盛赞此篇"为千古奇文"。全篇亦庄亦谐，以严肃形式来写诙谐的内容，在韩愈的文章中，像此篇一样富有幽默情趣的不多见，袁宗道《论文》："昌黎好奇，偶一为之。如《毛颖》等传，一时戏剧，他文不然也。"正因为如此，也遭到了一些人的批评，《旧唐书·韩愈传》中，就有所批评："（韩）愈所为文，务反近体，抒意立言，自成一家新语。……又为《毛颖传》，讥戏不近人情，此文章之甚纰缪者。"甚至韩愈的挚友张籍一再写信指责此文"驳杂无实之说""戏谑之言"。而柳宗元却很欣赏此文，柳在《读〈毛颖传〉后题》中赞赏说："自吾居夷，不与中州人通书。有来南者，时言韩愈为《毛颖传》，不能举其辞而独笑以为怪，而吾久不克见。杨子晦之来，始持其书，索而读之，若捕龙蛇、搏虎豹，急与之角而力不敢暇，信韩之怪于文也。"

此篇行文纵横恣肆，叙事层次清楚，追摹《史记》纪传体而又别开生面，李肇《唐国史补》："沈既济撰《枕中记》，庄生寓言之类。韩愈撰《毛颖传》，其文尤高，不下迁史。二篇真良史才也。"

此文赞扬毛笔在我国文化史上的重要贡献的同时，又为其"赏不酬劳，以老见疏"的遭遇鸣不平，意含讥讽。写了当权者嫉妒人才和官场上的炎凉世态，最后一句"秦真少恩哉"五字，是全文的结穴处，借寓毛颖淋漓尽致地表现出来。正如张裕钊所评："游戏之文，借以抒其胸中之奇。"

张中丞传后叙

　　元和二年四月十三日夜①，愈与吴郡张籍阅家中旧书②，得李翰所为《张巡传》③。翰以文章自名，为此传颇详密，然尚恨有阙者：不为许远立传，又不载雷万春事首尾④。

　　远虽材若不及巡者⑤，开门纳巡，位本在巡上，授之柄而处其下⑥，无所疑忌，竟与巡俱守死，成功名。城陷而虏，与巡死先后异耳⑦。两家子弟材智下，不能通知二父志⑧，以为巡死而远就虏，疑畏死而辞服于贼。远诚畏死，何苦守尺寸之地，食其所爱之肉⑨，以与贼抗而不降乎！当其围守时，外无蚍蜉蚁子之援⑩，所欲忠者，国与主耳。而贼语以国亡主灭⑪，远见救援不至，而贼来益众，必以其言为信。外无待而犹死守，人相食且尽，虽愚人亦能数日而知死处矣，远之不畏死亦明矣！乌有城坏其徒俱死，独蒙愧耻求活，虽至愚者不忍为。呜呼！而谓远之贤而为之邪？

　　说者又谓远与巡分城而守，城之陷，自远所分始⑫，以此诟远。此又与儿童之见无异。人之将死，其脏腑必有先受其病者；引绳而绝之⑬，其绝必有处，观者见其然，从而尤之，其亦不达于理矣。小人之好议论，不乐成人之美如是哉⑭！如巡、远之所成就，如此卓卓，犹不得免，其他则又何说？

当二公之初守也，宁能知人之卒不救⑮，弃城而逆遁⑯，苟此不能守，虽避之他处何益；及其无救而且穷也，将其创残饿羸之余⑰，虽欲去，必不达⑱。二公之贤，其讲之精矣⑲。守一城，捍天下⑳，以千百就尽之卒㉑，战百万日滋之师，蔽遮江淮，沮遏其势㉒，天下之不亡，其谁之功也！当是时，弃城而图存者，不可一二数，擅强兵坐而观者，相环也㉓。不追议此，而责二公以死守，亦见其自比于逆乱㉔，设淫辞而助之攻也。

愈尝从事于汴、徐二府㉕，屡道于两府间㉖，亲祭于其所谓双庙者㉗。其老人往往说巡、远时事，云：南霁云之乞救于贺兰也㉘，贺兰嫉巡、远之声威功绩出己上，不肯出师救。爱霁云之勇且壮，不听其语，强留之，具食与乐，延霁云坐，霁云慷慨语曰：“云来时，睢阳之人，不食月余日矣，云虽欲独食，义不忍，虽食，且不下咽！”因拔所佩刀断一指，血淋漓，以示贺兰。一座大惊，皆感激，为云泣下。云知贺兰终无为云出师意，即驰去，将出城，抽矢射佛寺浮图㉒，矢著其上砖半箭㉚，曰："吾归破贼，必灭贺兰，此矢所以志也㉛。"愈贞元中，过泗州，船上人犹指以相语。城陷，贼以刀胁降巡，巡不屈，即牵去，将斩之，又降霁云，云未应，巡呼云曰："南八㉜，男儿死耳，不可为不义屈。"云笑曰："欲将以有为也㉝，公有言，云敢不死！"即不屈。

张籍曰：有于嵩者，少依于巡。及巡起事，嵩常在围中。籍大历中，于和州乌江县见嵩㉞，嵩时年六十余矣，以巡初尝得临涣县尉㉟，好学无所不读，籍时尚小，粗问巡、远事，不能细也。云：巡长七尺余，须髯若神。尝见嵩读《汉书》，谓嵩曰："何为久读此？"嵩曰："未熟也。"巡曰："吾于书读不过三遍，终身不忘也。"因诵嵩所读书，尽卷不错一字。嵩惊，以为巡偶熟此卷，因乱抽他帙以试，无不尽然。嵩又取架上诸书，试以问巡，巡应口诵无疑。嵩从巡久，亦不见巡常读书也。为文章，操纸笔立书，未尝起草。初守睢阳时，士卒仅万人㊱，城中居人户亦且数万，巡因一见问姓名，其后无不识者。巡怒，须髯辄张。及城陷，贼缚巡等数十人坐，且将戮，巡起旋㊲，其众见巡起，或起或泣。巡曰："汝勿怖，死，命也。"众泣，不能仰视。巡就戮时，颜色不乱，阳阳如平常㊳。远宽厚长者，貌如其心，与巡同年生，月日后于巡，呼巡为兄，死时年四十九。嵩贞元初死于亳、宋间㊳，或传嵩有田在亳、宋间，武人夺而有之，嵩将诣州讼理㊵，为所杀。嵩无子。张籍云。

【注释】

①元和二年：807 年。元和是唐宪宗的年号。

②吴郡张籍：张籍，祖籍吴郡（治今江苏苏州），字文昌，贞元进士，历任水部员外郎、国子司业等职，故人称"张水部""张司业"，中唐时著名诗人，曾向韩愈学习古文。

③李翰所为《张巡传》：李翰，字子羽，文学家李华的侄子。他曾针对当时攻击张巡不该吃人肉来死守睢阳种种谬说，写了《张巡传》上疏肃宗，以正视听。此传已佚，《新唐书·忠义·张巡传》中保留了其中一些材料。

④"不为许远立传"二句：许远，字令威，原为睢阳太守，敌将尹子奇率十几万兵围城，许远告急于张巡，张巡时为真源（今河南鹿邑）县令，从宁陵引兵救援，入城共守。《旧唐书·忠义传》中载有许远事迹。雷万春，张巡部下勇将。张巡守雍丘，雷万春巡城，敌将令狐潮乱箭中雷万春面部六箭，雷兀然不动，令狐潮疑为木作假人。《新唐书·忠义传》中说："雷万春者，不详

所来。"可能在当时关于雷的身世记载不多，所以韩愈以"不载雷万春事首尾"为憾。

⑤远虽材若不及巡：许远曾对张巡说："远懦不知兵，公智勇兼济，远请为公守，公请为远战。"

⑥"位本在巡上"二句：当时许远任睢阳太守，张巡时为真源（今河南鹿邑）县令，所以说位在巡上。授之柄，指委巡以军权，坚守睢阳的战斗中，主要是张巡指挥的。

⑦"城陷而虏"二句：睢阳城陷，张巡、许远及部将被俘，张巡先被杀害，许远被押送洛阳，至偃师，不屈而死。所以说他们的死，只是先后不同罢了。

⑧"两家子弟材智下"二句：大历年间，张巡之子去疾，听信一些流言，曾上书唐代宗，以"城陷而远独生"为由，指责许远贪生怕死向敌军屈服，请追夺许远官爵，代宗诏去疾和许远之子许岘及百官共议，讨论结果，许远死在张巡之后，不容置疑。虽然上书的是张巡之子，但许远之子也不明事理而不加申辩，所以韩愈说"两家子弟材智下，不能通知二父志"。通知，全面了解。见《新唐书·忠义传》载。

⑨食其所爱之肉：睢阳粮绝，连鼠、雀都被吃光了，张巡杀爱妾饷士，许远亦杀童仆为士兵充饥。《新唐书·忠义·张巡传》《资治通鉴》均载此事。

⑩外无蚍蜉蚁子之援：蚍蜉，大蚂蚁。蚁子，小蚂蚁。此句意思连一点极微小的外援也没有。

⑪国亡主灭：当时二京（长安、洛阳）沦陷，玄宗逃往蜀中。所以敌军以"国亡主灭"来诱降。

⑫城之陷，自远所分始：当时许远把守睢阳城西南，敌军是从他把守处攻入的。

⑬引绳而绝之：指将绳子拉断。

⑭不乐成人之美：语出《论语·颜渊》："子曰：'君子成人之美，不成人之恶，小人反是。'"

⑮宁：岂。卒：最后，最终。

⑯弃城而逆遁：放弃城池事先逃走。

⑰将：带领。创残饿羸（léi）之余：指剩下来的伤残饥饿瘦弱的将士。

⑱虽欲去，必不达：即使想离开，也不能办到。《新唐书·忠义·张巡传》："贼知外援绝，围益急，众议东奔，巡、远议以睢阳江淮保障也。若弃之，贼乘胜鼓而南，江淮必亡。且帅饥众，必不达。"

⑲其讲之精：考虑十分精细周到。

⑳守一城，捍天下：睢阳城是江淮的咽喉，守住睢阳，就保住了江淮，所以说"守一城，捍天下"。

㉑千百就尽之卒：睢阳初守时有兵近万人，到城陷，仅有残兵六百人。

㉒蔽遮江淮，沮遏其势：蔽遮，掩护。沮遏，阻止。江淮是富庶之地，敌人不破睢阳，不敢贸然进犯江淮，因怕张巡、许远从后面袭击，所以说沮遏其势。

㉓擅强兵坐而观者，相环也：擅，专擅，拥有。相环，环绕，指在睢阳的周围。当时握重兵的闾丘晓在谯郡，尚衡在彭城，贺兰进明在临淮，他们都离睢阳不远而坐视不救。

㉔自比于逆乱：自己站到了叛逆作乱之人一边。设，制造。

㉕愈尝从事于汴、徐二府：从事，唐时称蕃僚为从事，在此用作动词，表示帮助人家做事。汴、徐二府，指汴州刺史董晋和徐州刺史张建封。韩愈曾在他们二人幕下做观察推官。

㉖屡道：多次经过。

㉗双庙：指张巡、许远的庙。唐肃宗追赠张巡为扬州大都督，许远为荆州大都督，皆立庙于睢阳。

㉘南霁云：魏州顿丘（今河南清丰）人，少微贱，安禄山叛乱时，巨野尉张沼起兵讨贼，拔为将，后又为尚衡先锋，奉命至睢阳与张巡议事，遂为部将，与张巡同时殉难。《新唐书》中载有南霁云事。贺兰：即贺兰进明，贺兰是复姓，当时任河南节度使，带兵驻扎临淮。

㉙佛寺：佛院，指泗州香积寺。浮图：梵语，塔。

㉚矢著其上砖半箭：箭射入砖内一半之深。

㉛志：同"识"，标记。

㉜南八：南霁云排行第八，所以称他南八。

㉝欲将以有为：本想要有所作为。可能是南霁云本想诈降再伺机杀敌。

㉞和州乌江县：今安徽和县东北乌江镇。

㉟以巡初尝得临涣县尉：以，因。临涣，今安徽宿州。县尉，一县之中管理治安的官吏。张巡殉难后，其幸存的部下都加恩受赏。

㊱仅：庶几，差不多。

㊲起旋：起身小便。《左传·定公三年》："夷射姑旋焉。"杜预注："旋，小便。"

㊳阳阳：形容神情很镇静。

㊴亳（bó）：今安徽亳州。宋：今河南商丘。

㊵将诣州讼理：诣，往。讼理，诉讼。指将要到州里去告状。

【赏读】

唐天宝十四载（755），安史之乱爆发。唐王朝的政权受到威胁，一些官员或弃城逃走，或开门投降。张巡（官拜御史中丞，故称张中丞）、许远起兵讨逆，共守睢阳。苦战十月，终因孤立无援，兵尽粮绝，城被攻陷。

张、许二人被俘后壮烈牺牲。但当时一些文武官员为开脱自己临阵脱逃的罪责，却百般诋毁张巡和许远。张巡的朋友李翰写了《张巡传》上呈肃宗，力陈张巡忠义之举。安史之乱平息之后，拥兵自重的各地节度使为给自己的分裂叛乱制造舆论，还不断地诋毁张、许，韩愈对此十分愤慨，写此文表明自己的观点。一则给李翰的《张巡传》以重要的补充，高度赞扬张、许宁死不屈的高尚气节。二则痛斥一些无耻之徒诬陷张、许的卑鄙行径，维护国家政权统一。

此文熔议论、叙事、抒情于一炉，叙中有议，议中有叙。语言生动，富于形象。塑造了以张巡为主要人物，许远、南霁云为陪衬的一群忠义之士的光辉形象，每个人物选择几个细节加以描述，使每个人物个性突出、形象鲜明，给读者留下不可磨灭的印象。过珙《古文评注》："通篇章法、句法、字法皆太史公骨髓，绝非昌黎本色。其洗发痛决处，诚足补记载之遗落，暴赤子之英烈，千载下凛凛有生气。"其实韩愈写作手法丰富多样，不是单单宗法一家，无论其叙记还是辩论，都能浑然成章，神气流注。如此文中辩许远无降贼之理，全用议论。南霁云乞救于贺兰进明一则，全用叙事。最后借张籍之口写于嵩述张巡轶事。笔法变化，转换自然，条理清晰，非大手笔不能做到。

伯夷颂

　　士之特立独行①，适于义而已②，不顾人之是非，皆豪杰之士，信道笃而自知明者也③。一家非之，力行而不惑者，寡矣；至于一国一州非之，力行而不惑者，盖天下一人而已矣；若至于举世非之，力行而不惑者，则千百年乃一人而已耳。若伯夷者，穷天地亘万世而不顾者也④。昭乎日月不足为明，崒乎泰山不足为高⑤，巍乎天地不足为容也！

　　当殷之亡、周之兴，微子贤也⑥，抱祭器而去之⑦。武王、周公圣也⑧，从天下之贤士与天下之诸侯而往攻之，未尝闻有非之者也。彼伯夷、叔齐者，乃独以为不可⑨。殷既灭矣，天下宗周，彼二子乃独耻食其粟，饿死而不顾。繇是而言，夫岂有求而为哉？信道笃而自知明也。

　　今世之所谓士者：一凡人誉之，则自以为有余；一凡人沮之⑩，则自以为不足。彼独非圣人而自是如此。夫圣人乃万世之标准也⑪。余故曰：若伯夷者，特立独行，穷天地亘万世而不顾者也。虽然，微二子⑫，乱臣贼子接迹于后世矣。

【注释】

①特立独行：志节高尚独立于众人之外，绝不随波逐流。语出《礼记·儒行》："……世治不轻，世乱不沮，同弗与，异弗非也。其特立独行有如此者。"

②适于义：符合正义。

③信道笃而自知明者：笃，诚。此句意思是诚笃地信仰真理，有自信心。

④穷天地亘万世而不顾：穷，穷尽。亘，贯通。不顾，不顾忌。此句意思是穷尽天地之间，直到万世之后，自己纵然受到责难也无所顾忌。

⑤崒（zú）：高耸。

⑥微子：殷纣王的庶兄，名启。

⑦抱祭器而去之：纣王淫乱无道，微子数谏，不纳。周武王伐纣克殷，微子乃抱祭器投靠周武王。事见《史记·宋微子世家》。祭器，祭祀所用的礼器，如樽、彝、豆、笾之类。《礼记·曲礼》："大夫、士去国，祭器不逾境。"

⑧武王：姬发，周文王之子。周公：名旦，武王之弟，曾辅助武王伐纣，建立周朝，封于鲁，后又辅成王

摄政。

⑨独以为不可：伯夷认为武王伐纣是以暴易暴，还认为武王是不孝不仁之人。《史记·伯夷列传》："西伯（周文王）卒，武王载木主，号为文王，东伐纣。伯夷、叔齐叩马而谏曰：'父死不葬，爰及干戈，可谓孝乎？以臣弑君，可谓仁乎？'"

⑩沮：诋毁。

⑪夫圣人乃万世之标准：马其昶《韩昌黎文集校注》："此篇之意，所谓圣人，正指武王周公而言也。既曰圣人，则是固为万世之标准矣，而伯夷者，乃独非之而自是如此。是乃所以为穷天地亘万世而不顾者也。"

⑫微：假如没有。二子：指伯夷、叔齐。

【赏读】

伯夷、叔齐是孤竹国国君的两个儿子。孤竹君死后，他们不愿继承王位，一起逃到了周国。周武王伐纣时，伯夷、叔齐叩马而谏。武王平息殷纣之后，天下宗周，伯夷、叔齐耻之，义不食周粟，隐于首阳山，采薇而食，后来饿死在首阳山。《史记》有《伯夷列传》。

韩愈的《伯夷颂》，是有感而发，并非只为了颂伯夷。首先，韩愈一贯主张维护唐王朝的中央集权，反对藩镇割据，特借《伯夷颂》来反对一切军事、政治上动摇分裂唐王朝的做法。再则，韩愈在贞元时期，政治一再碰壁，他高度赞扬伯夷的"特立独行"和他"穷天地亘万世而不顾"的精神，借以反映出他自己也是举世非之而不惑的特立独行之士，故托伯夷以抒其愤。曾国藩《求阙斋读书录》评此文时说："举世非之而不惑，此乃退之生平制行作文之宗旨，此自况之文也。"

画记

　　杂古今人物小画共一卷：骑而立者五人，骑而被甲载兵立者十人[①]，一人骑执大旗前立，骑而被甲载兵行且下牵者十人[②]，骑且负者二人，骑执器者二人，骑拥田犬者一人[③]，骑而牵者二人，骑而驱者三人，执羁靮立者二人[④]，骑而下倚马臂隼而立者一人[⑤]，骑而驱涉者二人[⑥]，徒而驱牧者二人，坐而指使者一人，甲胄手弓矢铁钺植者七人[⑦]，甲胄执帜植者十人，负者七人，偃寝休者二人[⑧]，甲胄坐睡者一人，方涉者一人，坐而脱足者一人[⑨]，寒附火者一人[⑩]，杂执器物役者八人[⑪]，奉壶矢者一人[⑫]，舍而具食者十有一人[⑬]，挹且注者四人[⑭]，牛牵者二人[⑮]，驴驱者四人，一人杖而负者，妇人以孺子载而可见者六人，载而上下者三人[⑯]，孺子戏者九人。凡人之事三十有二，为人大小百二十有三，而莫有同者焉。

　　马大者九匹：于马之中，又有上者、下者、行者、牵者、涉者、陆者、翘者、顾者、鸣者、寝者、讹者、立者、人立者、龁者、饮者、溲者、陟者、降者、痒磨树者、嘘者、嗅者、喜相戏者、怒相踶啮者、秣者、骑者、骤者、走者、载服物者、载狐兔者⑰。凡马之事二十有七，为马大小八十有三，而莫有同者焉。

牛大小十一头。橐驼三头⑱。驴如橐驼之数而加其一焉。隼一。犬羊狐兔麋鹿共三十⑲。旃车三两⑳。杂兵器弓矢旌旗刀剑矛楯弓服矢房甲胄之属㉑，瓶盂簦笠筐筥锜釜饮食服用之器㉒，壶矢博弈之具㉓，二百五十有一，皆曲极其妙。

贞元甲戌年㉔，余在京师，甚无事，同居有独孤生申叔者㉕，始得此画，而与余弹棋㉖，余幸胜而获焉。意甚惜之，以为非一工人之所能运思，盖丛集众工人之所长耳㉗，虽百金不愿易也。明年，出京师，至河阳㉘，与二三客论画品格，因出而观之。座有赵侍御者㉙，君子人也，见之戚然，若有感然。少而进曰㉚："噫！余之手摸也㉛，亡之且二十年矣。余少时常有志乎兹事，得国本㉜，绝人事而摸得之㉝，游闽中而丧焉。居闲处独，时往来余怀也，以其始为之劳而夙好之笃也㉞。今虽遇之，力不能为已，且命工人存其大都焉㉟。"余既甚爱之，又感赵君之事，因以赠之，而记其人物之形状与数，而时观之，以自释焉㊱。

【注释】

①被：通"披"，穿着。甲：铠甲。载：负荷。兵：兵器。

②行且下牵者：牵着马在地上走的。

③拥：带着。田：通"畋"，田犬，猎狗。

④羁靮（dí）：马的笼头叫羁，缰绳叫靮。

⑤臂：胳膊，在此用作动词，用胳膊架着。隼：一种凶猛的鹰，善飞，喜捕捉鸟类等。

⑥骑而驱涉者：骑着马指挥渡水的。

⑦胄：头盔。甲、胄都作用动词，指穿着铠甲，戴着头盔。手：作动词用，拿着。铁，同"斧"。钺，大斧。植，立于地上。

⑧偃寝休者：躺卧着休息的。

⑨脱足：指正在脱去鞋袜。

⑩寒附火者：附，靠近。靠着火边取暖的。

⑪杂执器物役者：役，做活。拿着器物之类干活的。

⑫奉壶矢：奉，通"捧"。壶矢，古代投壶游戏所用的壶和箭。投箭入壶，以投入多少来决胜负。

⑬舍而具食者：具食，做饭。在屋内做饭的。

⑭把且注者：把，舀出。注，灌入。把水或酒舀出来又灌入另一个器具中的。

⑮牛牵者：即牵牛者。下文中"驴驱者"亦指"驱驴者"。此是倒装法。

⑯载而上下者：上车的和下车的。

⑰陆者：朱熹《昌黎先生集考异》："此承涉者，则陆为方出水也。"意思是，刚刚渡水而登上陆地的。翘者：昂头的。或指后足蹶起翘尾的。讹者：睡醒的，此承寝者而言。《诗经·小雅·无羊》："或寝或讹。"《经典释文》："讹，觉也。""讹"今作"吪"。人立者：像人一样站立的。指马前腿腾空，后腿站立。齕（hé）者：吃草的。《庄子·马蹄》："齕草饮水翘足而陆，此马之真性也"。溲者：撒尿的。陟者：登山的。下文中"降者"指下山的。怒相踶啮（niè）者：踶，同"踢"。啮，咬。发怒而互相又踢又咬的。秣者：正在吃草料的。骤者：奔跑的。

⑱橐驼：骆驼。

⑲麋（mí）：鹿的一种。

⑳旃（zhān）车：旃，通"毡"。外面蒙着毡子的车。两：通"辆"。

㉑矛楯：楯，通"盾"。矛盾。服：亦作"箙"，箙和房都是盛弓箭的器具。

㉒瓶：古代汲水的瓦罐。盂：古代盛汤的器皿。簦：有柄的笠，类似今天的伞。笠：斗笠。筥：圆形的竹筐。

《诗经·召南·采蘋》毛传："方为筐，圆为筥。"锜：下有三足的釜。《诗经·召南·采蘋》毛传："有足曰锜，无足曰釜。"

㉓博：亦作"簙"，古代的一种游戏。《说文解字》："簙，局戏也，六箸十二棋也。"弈：下棋。

㉔贞元甲戌年：贞元，唐德宗年号。贞元甲戌年即贞元十年（794）。

㉕独孤生申叔：复姓独孤，名申叔，字子重。柳宗元有《亡友故秘书省校书郎独孤君墓碣》，韩愈也有《独孤申叔哀辞》一首。

㉖弹棋：古代一种游戏。柳宗元《序棋》："得木局，隆其中而规焉，其下方以直，置棋二十有四，贵者半，贱者半，贵曰上，贱曰下，咸自第一至十二，下者二乃敌一，用朱、墨以别焉。"具体的玩法已不详。

㉗丛集：聚集。

㉘河阳：今河南孟州。

㉙赵侍御：侍御，官名，即侍御史，掌管殿廷供奉之仪及监察之事。其人不详。

㉚少：稍停一会儿。进：上前。

㉛手摸：摸，同"摹"。依照原画临摹绘制。

㉜国本：国家所藏的画本。或指国手大师所绘的画。

㉝绝人事：谢绝一切人事往来和应酬。

㉞为之劳：指当初绘制时付出的心血。凤好：素所喜好。笃：专诚。

㉟大都：大概，大体。

㊱自释：自我宽释。

【赏读】

此文依次记写画中人和动物以及各种器具，总计五百有余，层次清楚，主次分明，重点突出，语言生动活泼，富于变化。描写人及动物形神各异，栩栩如生，表现力强，如其中记画中人物各种形态，记画中马各种姿势，以及各畜类器物，穿插变化，能唤起读者对某种动作和场面的想象，正如茅坤《唐宋八大家文钞》所说："妙处在物数庞杂，而诠次特悉，于其记可以知其画之绝世。"张裕钊说："读此文固须求其参错之妙，尤当玩其精整。"从中也正可见韩愈驾驭文字的高超技巧。林纾《韩文研究法》评此文时说："文心之妙，能举不相偶之事，对举成偶，真匪夷所思。"秦观《淮海集》卷三十八中《五百罗汉图记》有一段有意思的话，也正可从中看出此篇《画记》高明之处，节录如下："余家既世崇佛氏，又尝览韩公《画记》，爱其善叙事，该而不烦缛，详而有规律。读其文，恍然如即其画，心窃慕焉。于是仿其遗意，取罗汉佛之像而记之，顾余文之陋，岂能使人读之如即其画哉！姑致叙之私意云尔。"在写作方法上，此文似仿《尚书》，姚鼐《古文辞类纂》载："方侍郎（方苞）云：'周人以后，无此种格力，欧公（欧阳修）自谓不能为，所为晓其深处也。'"

此画是韩愈弹棋（一种赌博游戏）赢得，甚爱之。后偶遇此画的仿摹者赵侍御，赵见此画，忆起往事很是伤感，韩愈割爱奉还。从中亦可见韩愈慷慨为人的一面。

燕喜亭记

　　太原王弘中在连州①，与学佛人景常、元慧游。异日，从二人者行于其居之后，丘荒之间，上高而望，得异处焉。斩茅而嘉树列，发石而清泉激，辇粪壤②、燔榛翳③，却立而视之：出者突然成丘，陷者呀然成谷④，洼者为池，而缺者为洞，若有鬼神异物阴来相之⑤。自是，弘中与二人者晨往而夕忘归焉，乃立屋以避风雨寒暑。

　　既成，愈请名之，其丘曰"俟德之丘⑥"，蔽于古而显于今，有俟之道也。其石谷曰"谦受之谷⑦"，瀑曰"振鹭之瀑⑧"，谷言德，瀑言容也。其土谷曰"黄金之谷⑨"，瀑曰"秩秩之瀑⑩"，谷言容，瀑言德也。洞曰"寒居之洞⑪"，志其入时也。池曰"君子之池⑫"，虚以钟其美，盈以出其恶也⑬。泉之源曰"天泽之泉⑭"，出高而施下也。合而名之以屋，曰"燕喜之亭⑮"，取《诗》所谓"鲁侯燕喜"者颂也。

　　于是州民之老，闻而相与观焉。曰："吾州之山水名天下，然而无与'燕喜'者比。"经营于其侧者相接也⑯，而莫直其地。凡天作而地藏之，以遗其人乎⑰？

　　弘中自吏部郎贬秩而来⑱，次其道途所径，自蓝田⑲，入商洛⑳，涉浙湍㉑，临汉水㉒，升岘首㉓，以望方城㉔。出荆门㉕，下岷江㉖，过洞庭㉗，上湘水㉘，行衡山之下㉙，繇郴逾岭㉚，猿狄所家，鱼龙所宫㉛，极幽遐瑰诡之观㉜，宜其于山水饫闻而厌见也㉝。今其意乃若不足，传曰："智者乐水，仁者乐山㉞。"弘中之德，与其所好，可谓协矣，智以谋之，仁以居之。吾知其去是而羽仪于天朝也不远矣㉟。遂刻石以记。

【注释】

　　①太原王弘中：贞元十九年（803），王弘中由吏部员外郎贬为连州司户参军。新、旧《唐书》中有传。韩愈为其作有墓志铭及神道碑。连州：治今广东连州。

　　②辇：本义是车，在此用作动词，用车运走。

　　③燔：焚烧。菑（zī）：枯死还直立着的树木。翳（yì）：枯死倒下的树木。《诗经·大雅·皇矣》："其菑（同菑）其翳。"传："本立死曰菑，自毙曰翳。"

　　④呀然：凹下空阔的样子。

　　⑤阴来相之：暗中相助。

　　⑥俟德：等待有道德的人。以此为丘之名，有颂扬王弘中的意思。

⑦谦受：取义《尚书·大禹谟》："满招损，谦受益，时乃天道。"

⑧振鹭：群飞的白鹭。《诗经·周颂》中有"振鹭"一章，是周王设宴招待来朝的诸侯时所唱的乐歌。

⑨黄金之谷：其谷的土壤黄色，故名。

⑩秩秩：有次序。《诗经·秦风·小戎》："厌厌良人，秩秩德音。"《诗经·小雅·斯干》："秩秩斯干，幽幽南山。"

⑪寒居之洞：寒居，冬日所居。暗喻贬官时所处。

⑫君子之池：称赞此池有君子之德。

⑬"虚以钟其美"二句：钟，聚集。《左传·昭公二十八年》："天钟美于是。"恶，秽浊。《左传·成公六年》："有汾浍以流其恶。"此二句是说池中水少的时候能虚其池，集聚美好品德，池水满溢的时候又能涤荡污秽。以此来喻君子之德。

⑭天泽之泉：泉水自上注下，犹如上天所降恩泽，故名。

⑮燕喜：语出《诗经·鲁颂·閟宫》"鲁侯燕喜"，原诗歌颂鲁僖公兴祖业，复疆土，建新庙，借此二字作亭名，也是对王弘中有歌颂之意。

⑯经营：指筹划营造房屋。

⑰遗：赐予。其人：指合适的人。

⑱贬秩：贬职降级。

⑲蓝田：今陕西蓝田。

⑳商洛：今陕西商洛。

㉑浙湍：二水名。浙水，在今河南淅川。湍水，在今河南内乡。

㉒汉水：源出今陕西宁强，至湖北汉阳入长江。

㉓岘首：即岘山，在今湖北襄阳。

㉔方城：山名，在今河南叶县。

㉕荆门：今湖北荆门。

㉖岷江：在今四川。

㉗洞庭：我国著名大湖之一，在今湖南。

㉘湘水：今之湘江，在今湖南。

㉙衡山：我国五岳之一，在今湖南。

㉚郴：今湖南郴州。逾：翻越。岭：南岭。

㉛"猿狖（yòu）所家"二句：狖，猴类。此二句是说猿猴所居的山林，鱼龙盘踞的大湖途中都已经过。

㉜极幽遐瑰诡之观：极尽奇伟怪异之景观。

㉝饫（yù）闻而厌见：饫闻，饱览。厌，满足，与"饫"义同。成语"饫闻厌见"，出自此处。

㉞智者乐水，仁者乐山：出自《论语·雍也》，意思是聪明的人喜欢水，仁义的人喜爱山。

㉟羽仪于天朝：羽仪，羽饰的旌旗，用以表示居官

者的威严。《周易·渐》："鸿渐于陆，其羽可用为仪。"
天朝，朝廷。此句意思是不久一定会再回到天子脚下，
置身于朝廷的。

【赏读】

　　燕喜亭是王弘中贞元十九年（803）从吏部员外郎贬
为连州（治今广东连州）司户参军时修建的。建成后嘱
韩愈为之记。同年冬天，韩愈也因给皇帝上《御史台论
天旱人饥状》被人谗言，贬到了阳山。阳山属于连州管
辖，与王弘中同是贬官，二人来往较多。

　　王弘中，名仲舒，并州祁县（今山西祁县）人。曾
任中书舍人、洪州刺史等职，他为人正直，政绩显著，
颇受人们敬重。韩愈曾两度为其部属，王弘中死后，韩
愈为之撰写了墓志铭及神道碑。韩愈在这篇记中，记述
了燕喜亭周围景物的发现、营造过程以及各景观的命名，
步步说来，丝丝入扣，又层层映衬主人君子之德，并断
言他不久将再度受到朝廷重任。

　　此文善用排比，千波叠秀，而且句式灵活。沈德潜《评
注唐宋八大家古文读本》："以途中所经山中拉杂成文，正借
以形仁智之德也。文章平中求奇，每在此处。得此一段，通
体具见精彩。"韩愈描写山水的文章不多，但对后世影响还
是很深宏的，欧阳修的名篇《醉翁亭记》，似胎息此文。

新修滕王阁记

　　愈少时则闻江南多临观之美，而滕王阁独为第一，有瑰伟绝特之称。及得三王所为序赋记等①，壮其文辞，益欲往一观而读之，以忘吾忧。系官于朝，愿莫之遂。十四年，以言事斥守揭阳②，便道取疾以至海上，又不得过南昌而观所谓滕王阁者。其冬，以天子进大号③，加恩区内，移刺袁州④。袁于南昌为属邑⑤，私喜幸自语，以为当得躬诣大府，受约束于下执事，及其无事且还，傥得一至其处，窃寄目偿所愿焉。至州之七月，诏以中书舍人太原王公为御史中丞⑥，观察江南西道，洪、江、饶、虔、吉、信、抚、袁悉属治所。八州之人，前所不便及所愿欲而不得者，公至之日，皆罢行之⑦。大者驿闻⑧，小者立变⑨，春生秋杀，阳开阴闭，令修于庭户，数日之间，而人自得于湖山千里之外。吾虽欲出意见，论利害，听命于幕下，而吾州乃无一事可假而行者⑩，又安得舍己所事以勤馆人⑪？则滕王阁又无因而至焉矣！

其岁九月，人吏浃和⑫，公与监军使燕于此阁⑬，文武宾士皆与在席。酒半，合辞言曰："此屋不修，且坏。前公为从事此邦，适理新之，公所为文，实书在壁。今三十年而公来为邦伯⑭，适及期月，公又来燕于此，公乌得无情哉？"公应曰："诺。"于是栋、楹、梁、桷、板、槛之腐黑挠折者⑮，盖瓦级砖之破缺者⑯，赤白之漫漶不鲜者⑰，治之则已。无侈前人，无废后观⑱。工既讫功，公以众饮，而以书命愈曰："子其为我记之。"愈既以未得造观为叹，窃喜载名其上，词列三王之次，有荣耀焉，乃不辞而承公命。其江山之好，登望之乐，虽老矣，如获从公游，尚能为公赋之。

元和十五年十月某日，袁州刺史韩愈记。

【注释】

①三王所为序赋记：指王勃的《滕王阁序》、王绪的《游滕王阁赋》和王仲舒的《修滕王阁记》。王绪的《赋》、王仲舒的《记》，已佚。

②以言事斥守揭阳：揭阳，县名，属潮州府管辖。指元和十四年（819），韩愈上《论佛骨表》，触怒宪宗，被贬为潮州刺史一事。

③以天子进大号：指元和十四年七月群臣上尊号曰"元和圣文神武法天应道皇帝"。

④移刺袁州：袁州，治今江西宜春。韩愈贬潮州刺史，转年改为袁州刺史。

⑤袁于南昌为属邑：袁州在当时属江西南道，隶属南昌郡。

⑥中书舍人太原王公：王公，王弘中，名仲舒，元和十五年（820），王弘中为洪州刺史、御史中丞，充江西南道观察使。参见《燕喜亭记》。

⑦"前所不便及所愿欲而不得者"三句：前所不便，指前所不愿为之事。所愿欲而不得者，指愿为而没有实现之事。罢，废黜。行，力行。这三句的意思是王公到任之后，以前人们不愿去做而又不得已不做的事皆废除，而希望做又未能实现的事都努力推行。

⑧大者：指大的事情或措施。驿闻：以驿马传奏闻。

⑨小者：指小的事情或举措。立变：立即就去完成或改变。

⑩吾州乃无一事可假而行者：指韩愈所治的袁州太平无事，没有任何借口可到南昌一游滕王阁。

⑪勤：劳苦，在此有烦劳的意思。馆人：负责管理馆舍接待宾客的人。

⑫浃（jiā）和：融洽。

⑬燕：同"宴"。

⑭邦伯：州牧，一州的长官。

⑮栋、楹、梁、桷（jué）、板、槛：泛指阁中建筑部位。

⑯盖瓦级砖：顶上的瓦和阶级上的砖。

⑰漫漶（huàn）：模糊，斑落不清。

⑱无侈前人，无废后观：指新修的滕王阁与以前相比并不奢侈，又足以让后人观光游览。

【赏读】

此文是韩愈的应酬颂扬之作，然其中亦有可观。《韩昌黎文集校注》引张裕钊说："寻常颂扬文字，经退之之手，便觉瑰玮巨丽，简老浑括，夐绝于人。"

滕王阁在今江西南昌，唐高祖之子滕王元婴任洪州都督时所建。唐高宗李治时，洪州都督阎伯屿又重新加以修缮，王勃的一篇《滕王阁序》更使之声名远播。

凡不亲临其地，而为作记，实属难事。韩愈并没有到过滕王阁，尤其是继王勃《滕王阁序》、王绪《游滕王阁赋》及王仲舒《修滕王阁记》之后、而为之作记，就更难以落笔，所以韩愈采取了避实就虚、凭空翻奇之法，反复地写自己向往已久而终不能一到为憾，并紧扣修阁与王仲舒的政绩。有意避开王勃的《滕王阁序》，不去描写滕王阁及江上的风光，而另辟蹊径。此文也正可见韩愈善于用"虚"的写作技巧。《林纾选评古文辞类纂》中说："如此篇，可谓匠心独运矣。"

卷四　追思悼亡

死而有知，

其几何离？

其无知，悲不几时，

而不悲者无穷期矣。

祭田横墓文

　　贞元十一年九月，愈如东京①，道出田横墓下②，感横义高能得士③，因取酒以祭，为文而吊之。其辞曰：

　　事有旷百世而相感者④，余不自知其何心！非今世之所稀⑤，孰为使余歔欷而不可禁？余既博观乎天下，曷有庶几乎夫子之所为⑥？死者不复生，嗟余去此其从谁⑦！当秦氏之败乱，得一士而可王，何五百人之扰扰⑧，而不能脱夫子于剑铓⑨。抑所宝之非贤⑩，亦天命之有常。昔阙里之多士⑪，孔圣亦云其遑遑⑫。苟余行之不迷，虽颠沛其何伤⑬。自古死者非一，夫子至今有耿光⑭。跽陈辞而荐酒⑮，魂仿佛而来享⑯。

【注释】

　　①如：往。东京：指洛阳。

　　②田横墓：在偃师尸乡，距洛阳三十余里。

　　③义高能得士：重义气而能得贤士的拥戴。

④旷：间隔。百世：形容时代之久远。

⑤非今世之所稀：清人沈钦韩说："'稀'当作'希'，言非今世所尚。"此句意思是当时田横义高能得士的风气已不是今世之人所崇尚的了。

⑥曷有庶几乎夫子之所为：曷有，哪有。庶几，差不多。夫子，对他人的尊称，此处指田横。此句意思是哪有像田横那样义高能得士的人。

⑦嗟：慨叹。去此其从谁：除去田横，还能追随谁。

⑧扰扰：扰攘杂乱。

⑨脱：摆脱，免除。剑铓：剑锋。

⑩抑：或是。吴汝纶说："退之用'抑'字，多与'意'字同。"所宝之非贤：所爱重的并非真正的贤士。宝，用作动词，珍爱。

⑪阙里：孔子生于曲阜阙里，以此代指孔子门墙。

⑫孔圣亦云其遑遑：遑遑，奔走不停的样子。孔子门下有那么多贤人，而孔子尚且奔走于列国之间，不得休息。

⑬"苟余行之不迷"二句：行之不迷，指前进的方向正确。颠沛，跌倒。此两句以走路为喻，说只要自己走的路正确，即使跌倒在路上也毫无关系。

⑭耿光：灿烂的光辉。

⑮跽（jì）：跪。陈辞：读诵祭文。荐酒：用酒祭奠。

⑯仿佛：好似。享：享用。

【赏读】

田横是战国时齐王之后裔。秦末，天下交兵，田横趁楚汉相争之际，与其兄田儋、田荣起兵重建齐国。后田儋、田荣相继战死，田横自立为齐王。当时田氏兄弟广招贤士，齐国贤者多往依附。田横一度联楚抗汉，终为汉所败。刘邦既称帝，田横怕遭杀身之祸，遂率其徒五百余人逃入海岛之上。刘邦恐有后患，派人赦免其罪并召之归汉。田横与其客二人随使赴洛阳，行至尸乡乃自刎，后二客及海岛五百余人也都自杀了。事见《史记·田儋列传》。

韩愈在贞元年间，仕途多舛，屡试博学宏词科不第，贞元十一年（795）初曾三上宰相书而毫无结果，所以在路过田横墓时，借祭田横而发泄自己一腔愤慨。看似凭吊田横，实则自慰。清张伯行《重订唐宋八大家文钞》也指出这点："田横五百人，守死海岛，可谓义矣。昌黎借题以舒感愤之情，推之圣人尚然，何况其它？固是吊横，亦以自慰。"林云铭《韩文起》："以千百年前丧败武夫之冢，何关于人？乃殷殷陈辞荐酒，岂不扯淡？盖是时退之试宏辞科不售，三上宰相书不报，既归河阳，又如东都，一副英雄失路，托足无门，眼泪无处挥洒耳，玩'今世之所稀'句自见。中段以为横能得士，而士不能免横于死，归之天命。见得有横之高义，便足照耀千古，即千古而下，皆乐为之效命，不得较论成败之迹也。寓意最深。"总之就是借田横而发自己生命中悲愤之情。

　　本文节奏铿锵，铭辞用韵高昂，情感激愤，是韩愈祭文中的名篇。

祭十二郎文

年月日①，季父愈闻汝丧之七日②，乃能衔哀致诚③，使建中远具时羞之奠④，告汝十二郎之灵：

呜呼！吾少孤，及长，不省所怙⑤，惟兄嫂是依。中年，兄殁南方⑥，吾与汝俱幼，从嫂归葬河阳⑦，既又与汝就食江南⑧，零丁孤苦，未尝一日相离也。吾上有三兄，皆不幸早世⑨，承先人后者，在孙惟汝，在子惟吾；两世一身，形单影只。嫂常抚汝指吾而言曰："韩氏两世，惟此而已！"汝时尤小，当不复记忆，吾时虽能记忆，亦未知其言之悲也！

吾年十九，始来京城⑩，其后四年，而归视汝。又四年，吾往河阳省坟墓，遇汝从嫂丧来葬⑪。又二年，吾佐董丞相于汴州⑫，汝来省吾，止一岁，请归取其孥⑬；明年，丞相薨⑭，吾去汴州，汝不果来。是年，吾佐戎徐州⑮，使取汝者始行，吾又罢去⑯，汝又不果来。吾念汝从于东⑰，东亦客也，不可以久。图久远者，莫如西归⑱，将成家而致汝⑲。呜呼！孰谓汝遽去

吾而殁乎！吾与汝俱少年，以为虽暂相别，终当久相
与处；故舍汝而旅食京师，以求斗斛之禄⑳，诚知其如
此，虽万乘之公相，吾不以一日辍汝而就也㉑！

　　去年孟东野往㉒，吾书与汝曰："吾年未四十，而
视茫茫，而发苍苍，而齿牙动摇。念诸父与诸兄，皆
康强而早世，如吾之衰者，其能久存乎！吾不可去，
汝不肯来，恐旦暮死，而汝抱无涯之戚也！㉓"孰谓少
者殁而长者存，强者夭而病者全乎！呜呼！其信然邪？
其梦邪？其传之非其真邪？信也，吾兄之盛德而夭其
嗣乎？汝之纯明而不克蒙其泽乎㉔？少者强者而夭殁，
长者衰者而存全乎？未可以为信。梦也，传之非其
真也，东野之书，耿兰之报㉕，何为而在吾侧也？呜
呼，其信然矣！吾兄之盛德而夭其嗣矣！汝之纯明宜
业其家者㉖，不克蒙其泽矣！所谓天者诚难测，而神者
诚难明矣！所谓理者不可推㉗，而寿者不可知矣！虽
然，吾自今年来，苍苍者或化而为白矣，动摇者或脱
而落矣。毛血日益衰，志气日益微，几何不从汝而死
也！死而有知，其几何离㉘；其无知，悲不几时，而不
悲者无穷期矣。汝之子始十岁，吾之子始五岁㉙，少而
强者不可保，如此孩提者㉚，又可冀其成立耶㉛？呜呼
哀哉！呜呼哀哉！

　　汝去年书云："比得软脚病㉜，往往而剧。"吾曰：

是疾也，江南之人常常有之。未始以为忧也。呜呼！其竟以此而殒其生乎！抑别有疾而至斯乎？汝之书，六月十七日也，东野云：汝殁以六月二日。耿兰之报无月日。盖东野之使者，不知问家人以月日，如耿兰之报，不知当言月日，东野与吾书，乃问使者，使者妄称以应之耳。其然乎？其不然乎？

今吾使建中祭汝，吊汝之孤与汝之乳母，彼有食可守以待终丧，则待终丧而取以来[33]，如不能守以终丧，则遂取以来。其余奴婢，并令守汝丧，吾力能改葬，终葬汝于先人之兆[34]，然后惟其所愿。呜呼！汝病吾不知时，汝殁吾不知日，生不能相养以共居，殁不能抚汝以尽哀，敛不凭其棺[35]，窆不临其穴[36]，吾行负神明，而使汝夭，不孝不慈，而不得与汝相养以生，相守以死，一在天之涯，一在地之角，生而影不与吾形相依，死而魂不与吾梦相接，吾实为之，其又何尤，彼苍者天，曷其有极[37]！

自今已往，吾其无意于人世矣。当求数顷之田，于伊、颍之上[38]，以待余年，教吾子与汝子幸其成[39]，长吾女与汝女待其嫁[40]，如此而已。呜呼！言有穷而情不可终，汝其知也邪？其不知也邪？呜呼哀哉！尚飨[41]。

【注释】

①年月日：指写祭文的时间。《文苑英华》作"贞元十九年五月二十六日"，但与文中"汝之书，六月十七日也"有矛盾，故不确。

②季父：最小的叔父。韩愈兄弟四人，他最小。

③衔哀致诚：衔，含。含着悲哀之情向死者表达诚意。

④建中：人名，可能是韩愈所遣的信使。远具：自远地备办。时羞：应时新鲜的食物。奠：祭祀。

⑤不省：不知道。所怙（hù）：《诗经·小雅·蓼莪》："无父何怙，无母何恃。"后以怙恃指父母。韩愈三岁时，其父病殁。

⑥兄殁南方：指韩愈的长兄韩会死于南方。韩会死于韶州刺史任上，时四十二岁，所以说中年。韶州唐属岭南道，故称南方。

⑦河阳：今河南孟州，韩愈的老家。韩愈《祭郑夫人文》中记有从嫂郑夫人归葬韩会灵柩于故里，一路备受艰辛。

⑧就食：谋生。江南：指宣州，治今安徽宣城，韩氏在宣州有田宅。《欧阳生哀辞》："建中、贞元间，余就食江南。"

⑨早世：去世得早。

⑩吾年十九，始来京城：韩愈十九岁（德宗贞元二年）由宣州到京城长安，应进士举。韩愈《欧阳生哀辞》中说："贞元三年，余始至京师举进士。"

⑪遇汝从嫂丧来葬：韩愈往河阳省祖坟，正值十二郎护送其母郑氏灵柩来此安葬。郑氏死于贞元九年（793），韩愈有《祭郑夫人文》。

⑫佐：辅佐。董丞相：指董晋，贞元十二年（796），为汴州节度使，韩愈任节度使推官。汴州：今河南开封。

⑬取其孥：孥，妻与子。把妻子和孩子接来。

⑭薨：古时称诸侯或二品以上大官的死为薨。

⑮吾佐戎徐州：佐戎，助理军务。汴州节度使董晋死后四天，汴州发生兵乱，韩愈送董灵柩离开汴州，因此不能返汴，就依徐州泗濠节度使张建封幕下做推官。参见《与孟东野书》。

⑯使取汝者始行，吾又罢去：派去接十二郎的人刚动身，因张建封死了，韩愈辞职，离开徐州去洛阳。

⑰东：指汴州和徐州，因汴、徐二州都在他们老家河阳以东。

⑱西归：指西归河南老家。

⑲成家而致汝：安置好家再把你接来。

⑳斗斛之禄：唐代以十斗为一斛。此指微薄的俸禄。

㉑"诚知其如此"三句：万乘，指车马之多，古代一车四马为一乘。公相，指高官。辍汝，中止和你在一起，也就是说离开你。此三句意思是如果知道事情是这样，即使再高的官，再厚的俸禄，我也不会舍弃咱们一起相处而去就任的！

㉒去年孟东野往：孟东野，即孟郊，见《与孟东野书》。孟郊由长安选官，出任溧阳尉，溧阳离宣州不远，故托他带信。

㉓无涯之戚：无穷的悲伤。

㉔纯明：纯正贤明。泽：德泽，此指前辈留给后代的福分。

㉕耿兰：当是韩氏在宣州田宅的管家。

㉖业其家：继承先人的事业。

㉗理：在此指天意安排。推：推测。

㉘其几何离：犹"其离几何"，分离不会太久。意思是自己的身体越来越坏，与你地下相会的日子不会太远了。

㉙吾之子：指韩愈的长子韩昶。

㉚孩提：孩，小儿笑貌。《说文解字》："咳，小儿笑也。孩，古文咳从子。"提，提抱。《孟子·尽心》赵岐注："孩提，二三岁之间，在襁褓知孩笑可提抱者也。"

㉛可：岂可。冀：希望。成立：成才立业。

㉜软脚病：即脚气病。

㉝取以来：把他们接到我这里来。

㉞兆：墓地。祖辈的坟地。上文的"力能改葬"，即指从宣州迁葬河阳祖坟。

㉟敛：同"殓"。给死者穿衣为小殓，把尸体入棺为大殓。

㊱窆（biǎn）：下棺入土。

㊲"彼苍者天"二句：此二句出自《诗经·秦风·黄鸟》"彼苍者天，歼我良人"及《诗经·唐风·鸨羽》"悠悠苍天，曷其有极"。意思是，苍天啊，我的悲痛何时有尽头！

㊳伊、颍：二水名。均在河南，代指韩愈的老家。

㊴幸其成：希望他们成材。十二郎之子韩湘及韩愈之子韩昶先后中进士。

㊵长：抚养成长。

㊶尚飨：祭文中作结用语。意思是希望灵魂来享受祭品。

【赏读】

　　本文是韩愈悼念其亡侄十二郎所写的一篇祭文。十二郎名老成，是韩愈二哥韩介之子，因韩愈的大哥韩会无子，出继给韩会做子嗣。排行十二，故称十二郎。

　　韩愈三岁而孤，由大哥韩会和大嫂郑氏抚养长大，从小和十二郎生活在一起，两人年龄相近，感情甚深。后来韩愈的大哥、大嫂相继去世，叔侄二人常各以事累，各自东西。正当二人谋划久相共处之计之时，突然十二郎因病去世，韩愈肝肠俱裂，写下了这篇"酸痛惨挚，入于五内，彻于九霄"（蔡世远《古文雅正》中评语）的祭文。由于韩愈与十二郎叔侄二人情感至笃，再加之二人幼年相依，所以本文将三四十年的家境、身世和遭遇，琐琐絮絮如叙家常，一倾而出，同时又与情真意切的哀悼交织在一起，痛入肝脾，无限凄切，催人下泪。赵与时《宾退录》："读诸葛孔明《出师表》而不堕泪者，其人必不忠；读李令伯《陈情表》而不堕泪者，其人必不孝；读韩退之《祭十二郎文》而不堕泪者，其人必不友。"有真情而后有至文，全文自始至终，处处以自己伴讲，无一语不从真情至性中流出。可以想象出韩愈当年为文时凄切惨痛之状。《古文观止》评说此文："情之至者，自然流为至文，读此等文，须想其一面哭一面写，字字是血，字字是泪，未尝有意为文，而文无不工，祭文中千年绝调。"

祭河南张员外文

维年月日，彰义军行军司马、守太子右庶子兼御史中丞韩愈①，谨遣某乙，以庶羞清酌之奠②，祭于亡友故河南县令张十二员外之灵③。

贞元十九，君为御史④。余以无能，同诏并跱⑤。君德浑刚⑥，标高揭己⑦。有不吾如⑧，唾犹泥滓。余戆而狂⑨，年未三纪⑩。乘气加人⑪，无挟自恃⑫。

彼婉娈者⑬，实惮吾曹。侧肩帖耳，有舌如刀。我落阳山⑭，以尹鼯狖⑮。君飘临武⑯，山林之牢⑰。岁弊寒凶⑱，雪虐风饕⑲。颠于马下，我泗君咷⑳。夜息南山，同卧一席。守隶防夫，抵顶交跖㉑。洞庭漫汗，粘天无壁㉒。风涛相豗㉓，中作霹雳。追程盲进，帆船箭激。南上湘水，屈氏所沉㉔。二妃行迷，泪踪染林㉕。山哀浦思㉖，鸟兽叫音。余唱君和，百篇在吟。

君止于县，我又南逾㉗。把觞相饮㉘，后期有无。期宿界上㉙，一夕相语。自别几时，遽变寒暑。枕臂欹眠，加余以股㉚。仆来告言，虎入厩处。无敢惊逐，以我驟去[31]。君云是物[32]，不骏于乘[33]。虎取而往，来寅其征[34]。我预在此，与君俱膚[35]。猛兽果信，恶祷而凭[36]？

余出岭中[37]，君俟州下[38]。偕掾江陵[39]，非余望者。郴山奇变[40]，其水清写[41]。泊砂倚石，有遒无舍[42]。衡阳放酒，熊咆虎嗥[43]。不存令章[44]，罚筹猬毛[45]。委舟湘流，往观南岳[46]。云壁潭潭，穿林攸攫[47]。避风太湖，七日鹿角[48]。钩登大鲐[49]，怒颊豕狗[50]。脔盘炙酒[51]，群奴余啄。走官阶下[52]，首下尻高[53]。下马伏涂，从事是遭[54]。

予征博士[55]，君以使已[56]。相见京师，过愿之始[57]。分教东生[58]，君掾雍首[59]。两都相望，于别何有。解手背面[60]，遂十一年。君出我入，如相避然。生阔死休[61]，吞不复宣。

刑官属郎[62]，引章讦夺[63]。权臣不爱，南康是斡[64]。明条谨狱[65]，氓獠户歌[66]。用迁澧浦[67]，为人受瘳[68]。还家东都，起令河南[69]。屈拜后生，愤所不堪[70]。屡以正免，身伸事蹇[71]。竟死不升，孰劝为善[72]？

丞相南讨，余辱司马[73]。议兵大梁[74]，出走洛下[75]。哭不凭棺，奠不亲斝[76]。不抚其子，葬不送野。望君伤怀，有陨如泻[77]。铭君之绩，纳石壤中[78]。爰及祖考，纪德事功[79]。外著后世[80]，鬼神与通。君其奚憾，不余鉴衷^⑱。呜呼哀哉，尚飨！

【注释】

①彰义军：唐方镇名，泾原、淮西二方镇，后改称彰义军。行军司马：官名。元和十二年（817）裴度为彰义军节度使时，韩愈为行军司马兼御史中丞。守：阶低职高为守。《唐六典》："凡注官，阶卑而拟高则曰守，阶高而拟卑则曰行。"太子右庶子：官名，为正四品下。此时韩愈官阶为正六品上，所以加一守字。

②庶羞：多种佳肴。清酌：祭祀所用的酒。

③张十二员外：即张署。官河南县令，故称张员外。

④君为御史：指张署由京兆府武功县尉拜为监察御史。

⑤同诏并跱（zhì）：跱，同"峙"。韩愈与张署是在同一诏令中任命的。

⑥浑刚：质朴刚正。

⑦标高揭己：高标准要求自己。

⑧有不吾如：有不尽如己意者。

⑨戆而狂：愚直而狂狷。

⑩三纪：三十六岁。一纪为十二年。

⑪乘气：矜才使气。加人：施于人。

⑫无挟自恃：无挟，没有可依仗的。自恃，自负。

此句说自己没有什么才能可依仗却又很自负。

⑬婉娈：本义是美好的样子，出自《诗经·齐风·甫田》："婉兮娈兮，总角丱兮。"在此代指受宠的佞臣。阮籍《咏怀》之三十九："婉娈佞邪子，随利来相欺。"韩愈与张署在当时为佞臣李实所谗，俱遭贬谪。

⑭我落阳山：指韩愈贬为阳山令。

⑮尹：治理。齵（wú）猱（náo）：齵鼠与猿猴，在此指没有教化的边远百姓。

⑯君飘临武：指张署贬为临武令。飘，与"落"互文见义，黜放。临武，今湖南临武。

⑰山林之牢：荒山野林如同牢狱。

⑱岁弊：年终。

⑲雪虐风饕（tāo）：饕，传说中凶残的猛兽。形容风雪暴虐。此四字，成为形容风雪狂肆的成语，被后人习用。

⑳泗：涕泗流泪。咷：号啕大哭。

㉑守隶防夫，抵顶交跖（zhí）：守隶防夫，指随行的官差。顶，头顶。跖，脚。

㉒粘天无壁：水天相连，无边无际。

㉓豗（huī）：水相撞击发出的声音。李白《蜀道难》："飞湍瀑流争喧豗。"

㉔屈氏所沉：指屈原自沉的汨罗江。

㉕二妃行迷，泪踪染林：二妃，传说中尧的两个女儿娥皇、女英，后为舜的妻子。神话中载，舜南巡不返，葬于苍梧，舜妃娥皇、女英思痛不已，泪下沾竹，竹悉成斑。见南朝梁任昉《述异记》。

㉖山哀浦思：山山水水都陷入哀思之中。

㉗君止于县，我又南逾：指张署与韩愈在贞元十九年（803）同时遭贬，张署抵贬所临武之后，韩愈又南徙阳山。

㉘醆（zhǎn）：同"盏"。酒杯。

㉙期：相约。界上：指郴、连二州交界处。

㉚枕臂欹眠，加余以股：欹眠，相依而眠。加余以股，用《后汉书·严光传》"帝共偃卧，（严）光以足加帝腹上"一典。股，大腿。此二句形容二人相交到无形。

㉛以我驉去：驉，驴。指虎将我所乘的驴拖走。

㉜君云是物：指张署因虎拖走驴一事的解释。以下六句都是张署的话。

㉝不骏于乘：骏，迅速。指骑驴不会跑得快。

㉞来寅其征：寅，十二生肖中有寅虎，故影射寅月。征，征兆。来年的寅月（农历正月）必有祥兆。

㉟与君俱膺：与你会共同受此祥兆。

㊱猛兽果信：虎拖走驴一事果然应兆。指贞元二十一年，韩愈与张署均得赦。恶（wū）祷而凭，不需祷求

而有所凭依。恶，何。

㊲岭中：指骑田岭，在郴州南。《通典》："郴州有骑田岭，今谓之腊岭。"

㊳州：指郴州。

㊴偕掾（yuàn）江陵：掾，副官、佐吏的通称。指二人同为江陵的属官。张署为江陵功曹参军。韩愈为江陵法曹参军。

㊵郴山：指郴州南的黄岑山。

㊶写：同"泻"。奔流直下。

㊷泊砂倚石，有遻（wù）无舍：泊，停靠。遻，遇。舍，舍弃。此两句是说凡见到奇观都要停泊来欣赏，没有舍弃过。

㊸衡阳：今湖南衡阳。放酒：开怀畅饮。熊咆虎嗥（háo）：本义是野兽吼叫，在此形容二人酒酣大呼大叫、喧哗的情形。

㊹令章：酒令。

㊺罚筹：罚酒的筹码。猬毛：刺猬之毛，形容很多。

㊻南岳：衡山。

㊼穹林：森林。攸，是。擢：高耸。

㊽鹿角：地名，在洞庭湖畔。

㊾钩登：钓上来。鲇：鲇鱼。

㊿怒颊豕狗（hòu）：狗，猪叫。此句是形容鲇鱼怒

张两颊如同猪吼。

(51)脔（luán）：切成方块的肉。炙酒：温酒。

(52)走官阶下：到官府听命。

(53)首下尻（kāo）高：尻，臀。指低头躬腰。

(54)下马伏涂，从事是遭：从事，指州郡长官的幕僚、佐吏。这两句是倒装句，意思是遇到州郡长官的从事，都要下马行礼。

(55)予征博士：指韩愈在元和元年（806）征召为国子博士。

(56)君以使已：指贞元二十一年（805），路恕为邕管经略使上奏荐张署为判官，后改为殿中侍御史。

(57)过愿之始：超过了当初的愿望。

(58)分教东生：元和二年（807）韩愈以国子博士分教东都诸生，东都指洛阳。

(59)君掾雍首：指张署为雍州（后改为京兆府）司录参军。

(60)解手背面：分手离别。

(61)生阔死休：阔，阔别。休，停止。生别至死不得相见。

(62)刑官属郎：指张署曾为刑部员外郎。

(63)引章讦（jié）夺：章，法律。讦夺，揭发。此句是说张署任刑部员外郎时依法秉公，敢于揭发私弊。韩愈在《唐故河南令张君墓志铭》中说他任刑部员外郎时"守法争议，棘棘不阿"。

㉔权臣不爱，南康是斡（wò）：斡，转徙。张署受到权臣排斥，改为虔州刺史。虔州曾改为南康郡。

㉕明条谨狱：法律修明谨慎断狱。

㉖氓獠：指教化落后的虔州百姓。

㉗用迁澧浦：澧浦，指澧州，今湖南澧县。指张署改为澧州刺史。

㉘为人受瘥（cuó）：瘥，病。张署做澧州刺史时，为民请愿却给自己招来麻烦。

㉙起令河南：指张署做澧州刺史之后改用为河南令。

㉚屈拜后生，愤所不堪：屈拜，屈辱下拜。后生，指官大年少的新贵。《唐故河南令张君墓志铭》："公卿欲其一至京师，君以再不得意于守令，恨曰：'义不可更辱，又奚为于京师间！'竟闭门死，年六十。"

㉛屡以正免，身伸事蹇（jiǎn）：屡以正免，屡次以正直敢言遭到罢免。身伸事蹇，自身品格虽得以伸展，但事业上却艰难不顺。

㉜竟死不升，孰劝为善：至死也不得升迁，谁还劝人为善呢？

㉝丞相南讨，余辱司马：辱，谦辞。指丞相裴度讨伐淮西叛军吴元济，韩愈为行军司马。

⑭大梁：今河南开封。

⑮洛下：即洛阳。

⑯奠不亲斝（jiǎ）：斝，古代用以祭祀的酒器。指自己不能亲自去洒酒祭奠。

⑰有陨如泻：眼泪如水泻。

⑱铭君之绩，纳石壤中：指韩愈为其撰写的墓志铭，将其人品业绩，记于墓志铭之中，埋于墓下。

⑲爰及祖考，纪德事功：祖考，指张署的祖父、父亲。韩愈在为其撰的墓志铭中说："大父利贞，有名玄宗世。为御史中丞，举弹无所避，由是出为陈留守，领河南道采访处置使，数岁卒官。皇考讳郇，以儒学进，官至侍御史。"

⑳外著后世：使张署的功德业绩、彰明于后世。

㉑不余鉴衷：能够明鉴出我内心的情感吗？

【赏读】

本祭文所祭的河南张员外张署，是贞元二年（786）进士，举博学宏词科，为校书郎，自武功尉拜监察御史。贞元十九年（803）冬，与韩愈同被幸臣所谗，韩贬为阳山令，张贬为临武令，一年之后又同任江陵府属官，可以说他们二人是患难之交了。张署死后，韩愈除此篇祭文之外，还为其撰写了墓志，足见二人交谊之笃厚。

祭文，多用韵。此篇祭文采用四言用韵的形式。虽采用韵语，但句法变化丰富自如，叙事条畅，毫无拘束呆板之嫌、具有散体文的流利自然之诣。《祭十二郎文》用散体来写，亦别具韵文之妙。二者一韵一散，皆为韩文精品。

本文主要追忆二人相交的往事，同官、同贬、同行、同迁，步步细叙，二人虽宦途坎坷，但持正不移。尤其是将贬途中的景物融于情感之中来描写，悲切中见雄肆，凄厉处寓健崛。其写贬途中山水风物，状极逼真，读之犹宛然在目，全文光怪陆离，令人神眩。清人刘大櫆评说此文："昌黎善为奇险光怪之语以惊人，而与张同贬，其所经山川险阻患难，适足供其役遣，故能雄肆如此。"一些细节刻画与《祭十二郎文》有异曲同工之妙。

祭柳子厚文

维年月日①，韩愈谨以清酌庶羞之奠②，祭于亡友柳子厚之灵。

嗟嗟子厚，而至然邪③？自古莫不然，我又何嗟！人之生世，如梦一觉④，其间利害，竟亦何校⑤？当其梦时，有乐有悲，及其既觉，岂足追惟⑥？

凡物之生，不愿为材⑦，牺尊青黄，乃木之灾⑧。子之中弃⑨，天脱羁䩭⑩，玉佩琼琚⑪，大放厥辞⑫。富贵无能，磨灭谁纪⑬，子之自著⑭，表表愈伟⑮。不善为斫，血指汗颜⑯，巧匠旁观，缩手袖间⑰。子之文章，而不用世，乃令吾徒，掌帝之制⑱。子之视人，自以无前⑲，一斥不复，群飞刺天⑳。

嗟嗟子厚，今也则亡，临绝之音，一何琅琅㉑。遍告诸友，以寄厥子㉒，不鄙谓余，亦托以死㉓。凡今之交，观势厚薄，余岂可保，能承子托㉔？非我知子，子实命我，犹有鬼神，宁敢遗堕㉕！念子永归，无复来期，设祭棺前，矢心以辞㉖。呜呼哀哉，尚飨！

【注释】

①维年月日：《文苑英华》作"维某年岁次庚子五月壬寅朔五日景午"。柳宗元于元和十四年（819）十一月死于柳州。此文写于元和十五年（即庚子年），当时韩愈自潮州内迁袁州，此文作于袁州。

②以清酌庶羞之奠：用酒和食品来祭祀。

③至然：到了这地步，指死去。

④"人之生世"二句：觉，睡醒。此二句出于《庄子·齐物论》："方其梦也，不知其梦也。梦之中又占其梦焉，觉而后知其梦也。"

⑤校：计较。

⑥岂足追惟：惟，思。哪里值得追思。

⑦"凡物之生"二句：此二句出于《庄子·人间世》："子綦曰：'此果不材之木也，以至于其大也。嗟乎！神人以此不材。'"

⑧"牺尊青黄"二句：牺尊，古代木制的用以盛酒的祭器。青黄，用青黄颜料涂成图案。木之灾，树木的灾难。此二句出于《庄子·天地》："百年之木，破为牺尊，青黄而文之，其断在沟中。比牺尊于沟中之断，则美恶有间矣，其于失性一也。"

⑨子之中弃：指柳宗元中途遭贬。

⑩天脱靮（zhí）羁：靮，绊马的绳索。羁，马笼头。此句是形容其文章气势奔放，不受约束，如同一匹马脱去绳索和笼头。

⑪玉佩琼琚：玉佩，玉制的佩饰。琼琚，华美的佩玉。语出《诗经·郑风·有女同车》："有女同车，颜如舜华。将翱将翔，佩玉琼琚。"在此形容文章华美，音节响亮。

⑫大放厥辞：厥，其。此句形容文辞雄展铺张。

⑬"富贵无能"二句：无能，没有才能。纪，记载。司马迁《报任安书》："古者富贵而名磨灭，不可胜记，唯倜傥非常之人称焉。"

⑭自著：自使其名声昭著。

⑮表表：形容卓然不群。伟：大。

⑯"不善为斫（zhuó）"二句：斫，砍伐。血指汗颜，将手也弄破了，满面都是汗水。语出《老子》："夫代大匠斫者，希有不伤其手矣。"

⑰"巧匠旁观"二句：真正有本领的巧匠却只能在旁袖手观看。

⑱掌帝之制：掌，掌管，负责。制，制诰，皇帝的命令。韩愈于元和元年冬为考功员外郎、知制诰。

⑲"子之视人"二句：视，显示。自以无前，勇于为人一往无前。

⑳群飞刺天，形容群小的流言甚嚣尘上。

㉑琅琅：形容文章之美，琅琅可诵。

㉒厥子，其子。以寄厥子，指柳宗元托孤给韩愈及诸友。

㉓"不鄙谓余"二句：你不鄙视我，以身后之事相托。

㉔"余岂可保"二句：我自身难以保全，怎能承受你的托付呢？

㉕"犹有鬼神"二句：宁，岂。遗堕，遗落，引申为辜负之意。此两句是韩愈向亡友所发的誓言。

㉖矢心以辞：矢，同"誓"。用言辞来表达自己矢志不移。

【赏读】

柳宗元是韩愈过失相规、道义相砥的挚友，都是"古文运动"的倡导者。柳宗元去世后，韩愈有三篇文章纪念这位千古知音，除本篇之外，还有《柳子厚墓志铭》《柳州罗池庙碑》。在这篇祭文中，韩愈极力称赞柳宗元文章之美，为其才大而不为世用鸣不平，并允其所托。语句恳恳切切，甚为感人。林纾《韩柳文研究法》评："《祭柳子厚文》文简而哀挚，文末叙及托孤，肝膈呈露，真能不负死者。"

　　祭文多以四言韵体为正宗，清吴闿生《古文范》：
"祭文亦四言诗之一种也，韩公为之，缒幽凿险，神骇鬼
眩，盖导源于《招魂》《九歌》《大招》，而以自发其光
怪骇愕、磊砢不平之气。"

　　此文虽短，但极尽一唱三叹之妙，抒情味道很浓。
尤其是一些从《庄子》文章化出的句子，完全融为自己
的语言道出而不露痕迹。多从虚处斡旋，又多用反诘句
式，表现出强烈的愤世嫉俗的情感。这也正是韩愈行文
的高处，所以曾国藩《求阙斋读书录》评此文说："峻洁
直上，语经百炼，公文如此等，乃不复可攀跻矣。"

欧阳生哀辞

　　欧阳詹世居闽越[①]，自詹已上皆为闽越官[②]，至州佐、县令者，累累有焉。闽越地肥衍，有山泉禽鱼之乐，虽有长材秀民[③]，通文书吏事与上国齿者[④]，未尝肯出仕。

　　今上初[⑤]，故宰相常衮为福建诸州观察使[⑥]，治其地。衮以文辞进[⑦]，有名于时，又作大官，临莅其民，乡县小民有能诵书作文辞者，衮亲与之为客主之礼，观游宴飨，必召与之。时未几，皆化翕然[⑧]。詹于时独秀出，衮加敬爱，诸生皆推服。闽越之人举进士，繇詹始。

　　建中、贞元间，余就食江南[⑨]，未接人事[⑩]，往往闻詹名闾巷间，詹之称于江南也久。贞元三年，余始至京师举进士，闻詹名尤甚。八年春，遂与詹文辞同考试登第[⑪]，始相识。自后詹归闽中，余或在京师他处，不见詹久者，惟詹归闽中时为然。其他时与詹离率不历岁[⑫]，移时则必合，合必两忘其所趋[⑬]，久然后去。故余与詹相知为深。

詹事父母尽孝道，仁于妻子，于朋友义以诚。气醇以方⑭，容貌巍巍然⑮。其燕私善谑以和⑯，其文章切深喜往复，善自道，读其书，知其于慈孝最隆也。十五年冬，余以徐州从事朝正于京师⑰，詹为国子监四门助教⑱，将率其徒伏阙下⑲，举余为博士，会监有狱⑳，不果上。观其心，有益于余，将忘其身之贱而为之也。

呜呼！詹今其死矣。詹闽越人也，父母老矣，舍朝夕之养，以来京师，其心将以有得于是㉑，而归为父母荣也。虽其父母之心亦皆然。詹在侧，虽无离忧，其志不乐也。詹在京师，虽有离忧，其志乐也。若詹者所谓以志养志者欤㉒！詹虽未得位，其名声流于人人，其德行信于朋友，虽詹与其父母皆可无憾也。詹之事业文章，李翱既为之传㉓，故作哀辞以舒余哀，以传于后，以遗其父母，而解其悲哀，以卒詹志云。

求仕与友兮，远违其乡。父母之命兮，子奉以行。友则既获兮，禄实不丰。以志为养兮，何有牛羊。事实既修兮，名誉又光。父母忻忻兮，常若在旁。命虽云短兮，其存者长。终要必死兮，愿不永伤。友朋亲视兮，药物甚良。饮食孔时兮㉔，所欲无妨㉕。寿命不齐兮，人道之常。在侧与远兮，非有不同。山川阻深兮，魂魄流行。祀祭则及兮，勿谓不通。哭泣无益兮，抑哀自强。推生知死兮，以慰孝诚㉖。鸣呼哀哉兮，是亦难忘。

题哀辞后

愈性不喜书，自为此文，惟自书两通㉗：其一通遗清河崔群㉘，群与余皆欧阳生友也。哀生之不得位而死，哭之过时而悲。其一通今书以遗彭城刘君伉㉙，君喜古文，以吾所为合于古，诣吾庐而来请者八九至，而其色不怨，志益坚。

凡愈之为此文，盖哀欧阳生之不显荣于前，又惧其泯灭于后也。今刘君之请，未必知欧阳生，其志在古文耳。虽然，愈之为古文，岂独取其句读不类于今者耶㉚！思古人而不得见，学古道，则欲兼通其辞㉛。通其辞者，本志乎古道者也；古之道不苟誉毁于人，刘君好其辞，则其知欧阳生也无惑焉。

【注释】

①闽越：古国名，汉高祖封越王勾践的后裔无诸为闽越王，今福建一带。欧阳詹是泉州晋江人，泉州属古闽越地。

②皆为闽越官：《册府元龟·铨选部》载：唐制，黔

中、岭南、闽中郡县官，不由吏部选派，直接派五品以上京官一人做选补使，御史一人做监督，就地选补，四年一选。欧阳詹的前辈多在本地做官。

③长材秀民：杰出的人才和百姓中优秀者。

④文书：指官府公文。吏事：指政府法令。上国：诸侯称都城为上国，此指京畿。齿：并比等列。

⑤今上：指当时在位的皇帝。即唐德宗李适。

⑥"故宰相"句：常衮，京兆（今陕西西安）人。代宗大历十二年至十四年（777～779）任宰相，故称故宰相。德宗建中元年（780）任福建观察使。

⑦衮以文辞进：《旧唐书·常衮传》载：衮文章俊拔，当时推重，与杨炎同为舍人，时称"常杨"。

⑧翕（xī）然：和顺的样子。

⑨建中、贞元间，余就食江南：指德宗建中元年（780）至贞元元年（785）韩愈随嫂郑氏寄居宣城。韩愈《复志赋》："值中原之有事兮，将就食于江南。"《祭十二郎文》中也提到就食江南。

⑩未接人事：未与外界接触。

⑪八年春，遂与詹文辞同考试登第：贞元八年（792）韩愈与欧阳詹同榜考中进士。同榜考中的还有崔群、冯宿、李观等二十三人，多是一时俊杰，号称"龙虎榜"。

⑫率不历岁：大约不超过一年。

⑬合必两忘其所趋：此句意思是他们二人情投意合，到了一起就忘记了还是要分手再往他处去。

⑭气醇以方：气质淳厚，德行端方。

⑮巍（yí）巍然：形容容貌端庄大方。

⑯燕私：闲居休息。善谑以和：喜欢开玩笑但十分友善。《诗经·卫风·淇奥》："善戏谑兮，不为虐兮。"

⑰徐州从事：韩愈当时任徐州节度使推官，所以说"徐州从事"。朝正：外官于正月向皇帝朝贺元旦。

⑱国子监四门助教：国子监所辖的四门馆助教。助教，帮助国子监博士授徒的官员。官位微卑，俸禄不厚，故下文中有"不得位而死""禄实不丰"之语。

⑲伏阙下：伏，跪。阙下，官阙之下。表示向皇帝请愿呼吁。

⑳会监有狱：正值国子监有讼狱之事。具体事件不详。

㉑有得于是：是，代词，指京师。指在京师求仕。

㉒以志养志：养志，出自《孟子·离娄》："若曾子则可谓养志也。"意思是说以遵父母的意愿来孝敬父母。

㉓李翱：字习之，韩愈的学生。有《李文公集》，但集中无欧阳詹传。

㉔饮食孔时：孔，甚。时，当时，当今。此句指饮食都是很新鲜。

㉕所欲无妨：想要的都办到了，没有任何阻碍。

㉖以慰孝诚：以慰藉欧阳詹的孝诚之心。

㉗自书两通：写了两份。

㉘崔群：字敦诗，清河武城（今山东武城）人，与韩愈、欧阳詹同榜进士。

㉙彭城：今江苏徐州。刘君伉：事迹不详，从文中所见，他对韩愈是很崇拜的。

㉚句读：指文章的句法。不类于今：不像当时士大夫阶层中所崇尚的时文。

㉛学古道，则欲兼通其辞：此二句意思是通古人的文辞是为了学古人的道。即宋儒所说的"文以载道"之意。

【赏读】

欧阳詹，字行周，泉州晋江（今福建晋江）人。与韩愈是同榜进士，而且情谊甚笃，詹病逝后，韩愈忍痛为之作此哀辞。

哀辞，是哀吊文的一种，多用韵语，介乎于祭文与墓志铭的一种文体，韩愈集中标有"哀辞"的只有两篇，另一篇为《独孤申叔哀辞》，是用韵语写的。韩愈的此篇哀辞创造性地采用散体与韵语相结合的形式。散体叙事言悲更切于情，韵语一唱三叹，深化浓缩悲哀之情，以致使此文感人至深。作此哀辞的意旨，不仅是对亡友的哀悼，更主要的还如《题哀辞后》所说"盖哀欧阳生之不显荣于前，又惧其泯灭于后"。因为欧阳詹远离父母家乡出仕京师，曾遭家乡人的非议，今又夭死，更会遭人指责，韩愈写此哀辞目的，也就是替亡友申辩。清林云铭《韩文起》说："欧阳詹文词秀出，独破闽俗之见，离亲远仕，闽人未尝不斥以为非。及仕路不达，夭死异地，徒弃乡井，而闽人又未尝不传以为戒。是篇始称其文名之盛，继叙其品行之优，末推其所以离亲远仕之故，实体亲心而行。所谓养志之孝，可以传之无穷，死犹不死，较之终身里閈，泯灭无闻者，相去万万。虽为其父母舒垂老悲，实为詹解死后之嘲也。"欧阳詹平生事业可颂者不多，所以此哀辞着重写他"事父母尽孝道，仁于妻子，于朋友义以诚"的品质，因欧阳詹与韩愈是同榜进士，又志气相投，故而写来词意恳切，感情悱恻缠绵，句句皆出自肺腑，使读者同情可掬。

　　附于《哀辞》之后的《题哀辞后》，寥寥数语，同样也是一篇经意用心之作。韩愈于此文抄写了两份，一份送他们共同的朋友崔群，一份送给爱好古文的刘君伉，自认为"吾所为合于古""思古人而不得见，学古道，则欲兼通其辞。通其辞者，本志乎古道者也"，可见韩愈对此是很满意的。张伯行《重订唐宋八大家文钞》："数行题跋而有千回百折之势，文以情深也。"

殿中少监马君墓志

　　君讳继祖，司徒赠太师北平庄武王之孙①，少府监赠太子少傅讳畅之子②。生四岁，以门功拜太子舍人③，积三十四年，五转而至殿中少监④，年三十七以卒，有男八人，女二人。

　　始余初冠，应进士，贡在京师⑤，穷不自存，以故人稚弟⑥，拜北平王于马前，王问而怜之，因得见于安邑里第⑦。王轸其寒饥⑧，赐食与衣，召二子使为之主⑨，其季遇我特厚⑩，少府监赠太子少傅者也。姆抱幼子立侧，眉眼如画，发漆黑，肌肉玉雪可念⑪，殿中君也。当是时，见王于北亭，犹高山深林巨谷⑫，龙虎变化不测⑬，杰魁人也。退见少傅，翠竹碧梧，鸾鹄停峙⑭，能守其业者也。幼子娟好静秀，瑶环瑜珥，兰茁其牙⑮，称其家儿也⑯。

　　后四五年，吾成进士，去而东游，哭北平王于客舍⑰；后十五六年，吾为尚书都官郎⑱，分司东都，而分府少傅卒⑲，哭之；又十余年至今，哭少监焉。呜呼！吾未耄老[⑳]，自始至今，未四十年，而哭其祖子孙三世，于人世何如也！人欲久不死，而观居此世者，何也[㉑]？

【注释】

①司徒：官名，三公之一，参议国事。赠：死后追封的爵位。太师：三师之一，皇帝所师法的人。北平庄武王：指马燧，因他官显位尊，当时人皆知之，所以不书名字。马燧字洵美，因屡破李灵耀、田悦，有战功，封北平郡王。庄武是马燧的谥号。

②少府监：官名，掌管百工技艺，供皇帝使用事项。太子少傅：皇太子的老师。讳：因有所顾忌不敢说或不愿说。马畅，马燧的次子。

③门功：指先人的功绩。太子舍人：掌管文书的官。

④殿中少监：掌管皇帝服用及临朝率领官员执伞扇侍立等事的官员。

⑤“始余初冠”三句：初冠，古礼男子二十岁行加冠礼，后来将年始二十的男子称为初冠。韩愈贞元三年（787）年二十入京应进士。

⑥故人稚弟：贞元三年，吐蕃乞盟唐朝，马燧极表同意，朝廷派浑瑊为会盟使，韩愈的从兄韩弇以殿中侍御史为判官同往，后吐蕃不肯盟，韩弇遇害。韩弇和马

燧是朋友，所以韩愈说自己是故人稚弟。

⑦安邑里第：马燧的家宅在安邑里。

⑧轸：怜悯。

⑨二子：指马燧的长子马汇和次子马畅。使为之主：以主人的身份来接待韩愈。

⑩其季：指马燧的次子马畅。

⑪可念：可爱。

⑫高山深林巨谷：此句形容马燧气宇轩昂。

⑬龙虎变化不测：此句形容马燧处事应变的能力。

⑭翠竹碧梧，鸾鹄停峙：鸾，相传凤凰之类的神鸟。鹄，天鹅。停峙，停立。此二句形容马畅秀美而文，雍容华贵。

⑮"瑶环瑜珥"二句：瑶环瑜珥，美玉制成的玉环和耳饰。兰，香草。苗，初生的草。牙，同芽。此二句形容马继祖可爱。

⑯称（chèn）其家儿：称，相称。此句夸奖马继祖的资质是与门第相称的好子弟。

⑰哭北平王于客舍：贞元十一年（795）八月马燧死，此年五月韩愈东归河阳途中，所以说哭北平王于客舍。

⑱吾为尚书都官郎：元和四年（809），韩愈任都官员外郎，守东都省。

⑲分府：马畅任少府监而分派住东都。

⑳吾未耄（mào）老：七十为耄，六十为老。此时韩愈五十多岁，所以说吾未耄老。

㉑"人欲久不死"三句：此三句的意思是，一个人想永久不死，但不死的人看到马氏三代不到四十年都相继去世，反而觉得格外伤感了。表示对人生的感叹。

【赏读】

韩愈是文章大家，当时就负有盛名，许多名门望族持重金求韩愈为其先人写墓志之类文字，多是歌功颂德，难免过分夸奖，甚至吹捧，韩愈写了不少墓志也赚了不少钱。他的一位门客刘叉就偷走了不少金子，并留下"此谀墓中人得耳，不若与刘君为寿"一句话而去，后来成为"刘叉盗金"一典故。此篇文字，就属谀墓文字。从文章内容上看，无可取之处，但从写作技巧来看，韩愈却写得十分出色。

此墓志的主人马继祖，是一位依靠门荫四岁就拜太子舍人、至三十七岁时五转为殿中少监、平生没有什么功业的纨绔子弟。韩愈与之三世都有交谊，但为这样一位纨绔子弟来写墓志，根本无事可记，无处着笔，所以此篇墓志不能像通常写墓志那样以叙功昭德为本，只好另辟蹊径，以叙说与之三世的交情，来抒发自己的感情，悲叹人生无常。这种无实际内容的文字，却被韩愈转换角度，历述三代人的状貌性格，也颇显生动充实，从中也正可见韩愈高超的写作技巧。正如林纾《韩柳文研究法》所讲："空衍无可着笔，而昌黎文字乃灿烂作珠光照人，真令人莫测。"

墓志后面多有"铭"。铭，大多用韵文来写，而此篇只有墓志文字，其后没有铭文，故称"墓志"不加"铭"字。

柳州罗池庙碑

　　罗池庙者①，故刺史柳侯庙也②。柳侯为州，不鄙夷其民③，动以礼法④。三年，民各自矜奋⑤："兹土虽远京师，吾等亦天氓⑥，今天幸惠仁侯⑦，若不化服，我则非人。"

　　于是老少相教语，莫违侯令。凡有所为于其乡间及于其家⑧，皆曰："吾侯闻之，得无不可于意否⑨?"莫不忖度而后从事。凡令之期，民劝趋之⑩，无有后先，必以其时⑪。于是民业有经，公无负租⑫，流逋四归，乐生兴事⑬。宅有新屋，步有新船⑭，池园洁修，猪牛鸭鸡，肥大蕃息。子严父诏⑮，妇顺夫指⑯，嫁娶葬送，各有条法，出相弟长，入相慈孝⑰。先时民贫，以男女相质，久不得赎，尽没为隶。我侯之至，按国之故⑱，以佣除本⑲，悉夺归之⑳。大修孔子庙㉑，城郭巷道，皆治使端正，树以名木㉒。柳民既皆悦喜。

　　尝与其部将魏忠、谢宁、欧阳翼饮酒驿亭㉓，谓曰："吾弃于时㉔，而寄于此，与若等好也。明年，吾将死，死而为神。后三年，为庙祀我。"及期而死。三年孟秋辛卯[25]，侯降于州之后堂，欧阳翼等见而拜之。其夕，梦翼而告曰[26]："馆我于罗池。"其月景辰[27]，庙成，大祭。过客李仪醉酒，慢侮堂上，得疾，扶出庙门即死。

明年春，魏忠、欧阳翼使谢宁来京师，请书其事于石。余谓柳侯生能泽其民，死能惊动福祸之[28]，以食其土，可谓灵也已。作迎享送神诗，遗柳民，俾歌以祀焉，而并刻之。柳侯，河东人，讳宗元，字子厚，贤而有文章，尝位于朝，光显矣，已而摈不用[29]。其辞曰：

荔子丹兮蕉黄[30]，杂肴蔬兮进侯堂。侯之船兮两旗[31]，度中流兮风泊之[32]。待侯不来兮，不知我悲。侯乘驹兮入庙[33]，慰我民兮不嚬以笑[34]。鹅之山兮柳之水[35]，桂树团团兮，白石齿齿[36]。侯朝出游兮暮来归，春与猿吟兮，秋鹤与飞[37]。北方之人兮，为侯是非[38]，千秋万岁兮，侯无我违[39]。福我兮寿我，驱厉鬼兮山之左。下无苦湿兮高无干[40]，粳稌充羡兮[41]，蛇蛟结蟠[42]。我民报事兮无怠[43]，其始自今兮钦于世世[44]。

【注释】

①罗池庙：在今广西柳州柳侯公园内，位于罗池旁，

始建于唐穆宗长庆二年（822）。今称柳侯祠。

②故：已故。刺史：一州之长官，相当于古代的诸侯，所以称为侯。

③鄙夷：蔑视，贱视。

④动以礼法：动，用。用礼法来教化约束百姓。

⑤矜奋：奋勉。《管子·形势》："矜奋自功，而不因众人之力。"

⑥天氓：氓，同"民"。天子的百姓。

⑦天：指上天。幸惠：有幸而赐给。仁侯：推行仁政的刺史，指柳宗元。

⑧乡闾：即乡里，古时二十五家为闾。

⑨得无：莫非。不可于意否：不对他的心思吧。

⑩劝：劝勉，努力。趋：急速去做。

⑪必以其时：一定按时完成。

⑫民业有经，公无负租：有经，有常。负租，欠租。此二句是说，百姓有了常业恒产，没有欠负公家赋租的。

⑬乐生兴事：感到生活幸福，使家业兴旺发达。

⑭步：水边渡口。柳宗元《永州铁炉步志》："江之浒，凡舟可縻而上下者曰步。"

⑮严：作动词用，严格听从、恪守的意思。诏：教诲。

⑯顺：顺从。指：同"旨"，意图。

⑰出相弟长，入相慈孝：弟，同"悌"，对同辈人友

爱。长，对长辈尊敬。慈，对子女慈爱。孝，对父母孝顺。语出《论语·学而》："子曰：'弟子入则孝，出则悌。'"

⑱故：指旧有的规章条例。

⑲佣：指子女在债主家应得的工钱。本：指当初所借的债。

⑳夺：争取。归：归还。

㉑大修孔子庙：柳宗元于元和十年（815）初贬柳州时，就主持修整孔子庙，并撰《柳州文宣王新修庙碑》。

㉒树：栽。名木：好的树木。

㉓驿亭：指柳州东亭，位于城南，西与驿站相接。柳宗元有《柳州东亭记》。

㉔弃于时：不为当时所用，指贬于柳州。

㉕三年孟秋辛卯：指柳宗元死后三年，即唐穆宗长庆二年（822）七月。

㉖梦翼：托梦给欧阳翼。

㉗景辰：即丙辰。唐人避世祖李昞（唐高祖李渊之父）的讳，改丙为景。

㉘惊：惊骇。福祸：用作动词，降临祥福或灾祸，指李仪慢侮堂上而死一事。

㉙光显：荣耀。摈：摈弃。

㉚荔子：即荔枝。蕉：香蕉。

㉛侯之船兮两旗：《五百家注音辨昌黎先生文集》引

朱廷玉《罗池庙碑全解》："湖湘士人云：柳人迎神，其俗以一船两旗，置木马偶人于舟，作乐而导之，登岸而趋于庙。"

㉜风泊之：风吹使舟停靠岸边。

㉝驹：小马，这里指船上的木马。

㉞不嚬以笑：嚬，同"颦"，皱眉发愁。以，而。指不愁而喜。

㉟鹅之山：即鹅山，在柳州城西侧，山顶有石状如鹅，故名。柳之水：指柳江，在柳州南门外。

㊱齿齿：形容石在水中排列整齐如齿。

㊲春与猿吟兮，秋鹤与飞：即春与猿吟兮，秋与鹤飞。沈括《梦溪笔谈·艺文》："'春与猿吟兮，秋鹤与飞'，古人多用此格，如《楚辞》：'吉日兮辰良'……盖相错成文，则语势矫健耳。"

㊳为侯是非：为，通"谓"。谈论柳侯的是非。

㊴侯无我违：违，离开。柳侯不要离开我们。

㊵下无苦湿兮高无干：低田不涝，高田不旱。风调雨顺的意思。

㊶粳稌（tú）：粳稻和糯稻，泛指农作物。充羡：充足有余。

㊷蛇蛟结蟠：蛟，相传龙的一种，潜伏在深山中，古人认为山洪暴发是蛟作怪。结蟠，盘结潜伏。此句是

说，柳侯之神能制服蛇蛟，使之不出来伤害百姓。

㊸报事：报，祭祀。事，功业。举行祀神典礼以谢柳侯的功德。无怠：不懈。

㊹其始自今：从现在开始。钦：敬奉。世世：世世代代。

【赏读】

柳宗元死后，韩愈先后写过三篇悼念他的文章，一是《柳子厚墓志铭》、一是《祭柳子厚文》，一是此篇。文各有体，此三篇文章取材及主题各不相同，可相互关照，不妨合观比较。但三篇文章有一共同之处，都为柳宗元坎坷遭遇及才不为世用鸣不平。此文则侧重描叙其在柳州的德政及死后为神的传说，以及当地人民对他的爱戴和信仰，从而寄托了作者的痛惜之情。

碑文应该以记录事实为本，但此文却将柳宗元死后为神的传说写进碑文，所以也遭到一些非议。如写"过客李仪醉酒，慢侮堂上，得疾，扶出庙门即死"一段，近于小说家者言。所以刘昫《旧唐书·韩愈传》就讲："恃才肆意，亦有戾孔孟之旨，若南人妄以柳宗元为罗池神，而愈撰碑实之……此文章之甚纰缪者。"韩愈如此写，正是他极力渲染柳宗元深得民心之处并为之鸣不平；再有，柳宗元曾极力推崇韩愈用小说手法来写古文，如韩愈的《毛颖传》柳宗元就盛赞说："读之，若捕龙蛇、搏虎豹，急与之角而力不敢暇。"可能这也是韩愈将传说写进此碑文中的一个原因。

曾国藩对此文评价很高，他在《求阙斋读书录》中说："此文情韵不匮，声调锵铿，乃文章第一妙境。情以生文，文亦足以生情；文以引声，声亦足以引文。循环互发，油然不能自己，庶可渐入佳境。"此文的风格和柳宗元有所接近，林纾《韩柳文研究法》说："此文幽峭颇近柳州，如'天幸惠仁侯，若不化服，我则非人'，此三语，纯乎柳州矣。"从中也正可见韩愈的文章不仅陶铸古人，也能涵泳时人的"取精用宏"之处。再则，此篇熔骈、散、骚于一炉，最得屈赋的神髓，所以方崧卿《韩集举正》说："前辈尝云：《楚辞》文章，宋玉不得其仿佛，惟公此文，可方驾以出。"

女挐圹铭

　　女挐，韩愈退之第四女也，惠而早死。

　　愈之为少秋官①，言佛夷鬼②。其法乱治，梁武事之③，卒有侯景之败④，可一扫刮绝去，不宜使烂漫⑤。天子谓其言不祥，斥之潮州⑥，汉南海揭阳之地。愈既行，有司以罪人家不可留京师，迫遣之。女挐年十二，病在席，既惊痛与其父诀，又舆致走道，撼顿失食饮节⑦，死于商南层峰驿⑧，即瘗道南山下。五年，愈为京兆⑨，始令子弟与其姆易棺衾⑩，归女挐之骨于河南之河阳韩氏墓，葬之。

　　女挐死当元和十四年二月二日，其发而归，在长庆三年十月之四日，其葬在十一月之十一日。铭曰：

　　汝宗葬于是，汝安归之，惟永宁！

【注释】

　　①少秋官：刑部侍郎的俗称。韩愈于元和十二年（817）十二月任刑部侍郎。

②言佛夷鬼：夷，在此泛指外国。说佛是外国的鬼蜮。韩愈《论佛骨表》："佛者，夷狄之一法耳，自后汉时流入中国，上古未尝有也。"

③梁武事之：事，信奉。梁武帝萧衍信奉佛，曾先后三次舍身同泰寺做佛徒。

④卒有侯景之败：侯景，字万景，原为魏将，后降梁，封河南王。因梁又与东魏讲和，侯景怕对自己不利，便举兵叛变，围困梁武帝于台城，最后梁武帝饿死台城，历史上称为"侯景之乱"。

⑤烂漫：泛滥盛行。

⑥"天子谓其言不祥"二句：指元和十四年（819）韩愈上《论佛骨表》，触怒宪宗，被贬潮州。

⑦撼顿：颠簸困顿。

⑧商南：今陕西商洛商州区境内。

⑨愈为京兆：京兆，京兆尹的省称，官名，掌治京城。韩愈于长庆三年（823）为京兆尹。

⑩易棺衾（qīn）：易，更换。衾，指覆盖尸体的单被。指重新装殓。

【赏读】

挐（rú）是韩愈的四女儿。元和十四年正月韩愈上《论佛骨表》，触怒宪宗，被贬潮州，旋而，其家眷亦被遣逐京师，当时女挐正病卧床第，再加之路途艰险，饥寒交迫，死于途中商南层峰驿。当年女挐只十二岁，豆蔻年华。只得草草埋在山下。韩愈《层峰驿》诗中写到当时情景："数条藤束木皮棺，草殡荒山白骨寒。"五年之后，才派人将女儿的尸骨迁回祖茔重新埋葬，并写了此篇圹（kuàng，墓穴）铭。女儿在如此背景下死去，韩愈十分痛心，除了此铭之外，他还写了《祭女挐女文》，其中言"我视汝颜，心知死隔。汝视我面，悲不能啼。……汝目汝面，在我眼傍。汝心汝意，宛宛可忘?"又有《层峰驿》诗，反复痛悼"致汝无辜由我罪，百年惭痛泪阑干"，使人读之撕心裂肺。

　　此铭虽短，但意切情真，尤其最后三句铭文，看似平淡，嚼之使人痛心。曾国藩用四字概括此文说："自然沉痛。"

瘗砚铭

　　陇西李观元宾始从进士贡在京师①，或贻之砚。既四年，悲欢穷泰，未尝废其用。凡与之试艺春官，实二年登上第②。行于襃谷③，役者刘胤误坠之地，毁焉。乃匦归，埋于京师里中。昌黎韩愈，其友人也。赞且识云：

　　土乎质，陶乎成器。复其质，非生死类。全斯用④，毁不忍弃。埋而识，之仁之义。砚乎砚乎，与瓦砾异⑤。

【注释】

　　①陇西：今甘肃临洮。为李氏家族的郡望。李观：字元宾，与韩愈同为贞元八年（792）的进士。李观先韩愈去世，韩愈曾有《李元宾墓志铭》。

　　②"凡与之试艺春官"二句：春官，礼部尚书的别称，掌管贡举之政。韩愈《李元宾墓志铭》："李观，字元宾，其先陇西人也。始来自江之东，年二十四举进士，

三年登上第，又举博学宏词，得太子校书。又一年，年
二十九，客死于京师。”

　　③褒谷：地名，即褒斜谷，在今陕西终南山一带。

　　④全斯用：全，完整。指韩愈无论顺境还是逆境，
全任用此砚。

　　⑤砚乎砚乎，与瓦砾（lì）异：此二句意思是砚虽陶
质为之，但是很有灵性，与瓦砾之类毫无灵性的碎石片
瓦完全不同。此句也为砚被毁而感叹。

【赏读】

　　“美人铜镜文人砚”，砚，对于古代文人来讲，是文
房必备之物，须臾不可离者。甚至有的嗜砚成癖视之如
命。如宋代的苏轼、米芾，与砚的情结，更为后人乐道，
还留有大量与砚相关的诗文。历代关于砚的专著，也很
可观。文房四宝笔墨纸砚，以砚为贵。苏易简《文房四
谱》：“四宝砚为首，笔墨兼纸皆可随时收索，可与终身
俱者，唯砚而已。”

　　韩愈亦不例外，对砚格外有情感。本文讲述友人李
观赠送韩愈一方砚，这方砚不是端砚、歙砚那种石砚，
而是土质烧制的陶泥砚，或可是名贵的澄泥砚，澄泥砚
在唐朝时已很盛行。这从此文中赞辞“土乎质，陶乎成
器”可知。这方砚一定很名贵，文章开头就点明“陇西

李观元宾",陇西是李姓郡望,可见李观出身名门(是李华的侄子),又是进士出身,李观与韩愈是志同道合的朋友,《新唐书·李观传》载:"观属文不袭沿前人,时谓与韩愈相上下。"韩愈有《北极赠李观》诗。所以说此砚也相当名贵。

　　韩愈对此砚十分珍爱,无论其在困踬之日,还是顺畅之时,都随身携带。正如文中所讲"悲欢穷泰,未尝废其用"。惜哉!这方砚被其仆人不小心摔毁了,这真是"暴殄天物"。当时韩愈惋惜之情可想。韩愈不忍将毁坏的砚随便扔掉,而是很庄重地将破砚殡殓,装于匣中埋于地下,特意写下这篇《瘗砚铭》以念之。尤其注意的是,文中"昌黎韩愈,其友人也"之句,不可看作闲笔,这八个字将冰凉坚硬的砚化为有生命有灵性有感情的活生生的灵物,也隐约看到韩愈悲怆的心情。其中赞辞用仄韵写成,"质""器""类""弃""义""异"都为去声"寘"韵,这样,更能表现一种悲痛的心情。古文中为砚作铭者甚夥,而"瘗砚"为"铭"者,只有此一文,韩愈不愧为"文章圣手"。